न्याय व्यवस्था पर व्यंग्य

न्याय व्यवस्था पर व्यंग्य

सं. गिरिराज शरण

प्रभात प्रकाशन, दिल्ली™
ISO 9001:2008 प्रकाशक

प्रकाशक • **प्रभात प्रकाशन**
४/१९ आसफ अली रोड,
नई दिल्ली-११०००२
सर्वाधिकार • सुरक्षित
संस्करण • २०१७
सर्वाधिकार • सुरक्षित
मूल्य • चार सौ रुपए
मुद्रक • नरुला प्रिंटर्स, दिल्ली

NYAYA VYAVASTHA PAR VYANGYA
Ed. by Dr. Giriraj Sharan ₹ 400.00
Published by Prabhat Prakashan, 4/19 Asaf Ali Road, New Delhi-110002
e-mail: prabhatbooks@gmail.com ISBN 978-93-5266-410-8

अनुक्रम

भूमिका

एक थे मुकदमेबाज

हमारे एक परममित्र हुए हैं घसीटासिंह 'मुकदमेबाज'। हुए हैं का मतलब है—भूतपूर्व और भूतपूर्व का मतलब है—अस्थायी; यानी जो टिकाऊ न हो। देखते-ही-देखते साथ छोड़ जाए, भूतपूर्व हो गए। वर्तमान युग की एकमात्र विशेषता ही चीजों का भूतपूर्व हो जाना है और भूतपूर्व हो जानेवाली चीजों में जहाँ छोटे-बड़े पदाधिकारी, विधायक, मंत्री, मुख्यमंत्री, प्रधानमंत्री आदि लोग आते हैं, वहीं मित्रगण भी आते हैं; क्योंकि आप यह गारंटी कर ही नहीं सकते कि कब आपका कोई मित्र भूतपूर्व हो जाएगा और आपकी मित्रता को ठोकर मारकर यों गायब हो जाएगा, जैसे कभी गधे के सिर से सींग गायब हो गए थे। हमारा खयाल है कि अब वे गायब सींग कुछ विशेष प्रकार के मित्रों के सिर या कंधों पर उग आए हैं, जो होने के बावजूद दिखाई नहीं देते और जब उनका मूड होता है, बात-बेबात सींग मारकर जहाँ सींग समाते हैं, चले जाते हैं और आपके लिए भूतपूर्व बनकर रह जाते हैं। किसी चीज का स्थायी न होना ही हमारे समय की विशेषता है। पिछले दिनों हम पाँच साल की गारंटीवाले जूते खरीदकर लाए। अभी पाँच माह भी नहीं हुए थे कि उनका स्वर्गवास हो गया, यानी सड़क पर पड़े कूड़े की शोभा बढ़ाते दिखाई दिए। हमने और हमारे जैसे करोड़ों मतदाताओं ने अपना कीमती वोट देकर पाँच साल के लिए सरकार बनाई, पाँच साल तो क्या, अभी पाँच सौ दिन भी नहीं गुजरे थे कि धराशायी हो गई। सारे-के-सारे मंत्री अपने हाथों में जंतरी लिये भूतपूर्व होकर रह गए। तो साहब, आज के युग में जिस तरह जूता टिकाऊ नहीं है, विधायक, सांसद् और मंत्री टिकाऊ नहीं हैं, इसी प्रकार हमारे-आपके मित्रगण भी टिकाऊ नहीं हैं। कोई नहीं कह सकता, वह कब, किस बात पर रूठ जाएँगे और आपसे दो-दो हाथ करने को तैयार नजर आएँगे। प्राचीन युग

में सिर्फ गधे बाबा के सिर पर उगे सींग ही टिकाऊ नहीं होते थे, पर अब कोई चीज भी टिकाऊ नहीं रही है। उपभोक्ता संस्कृति का युग जो ठहरा यह।

हाँ तो साहब! हमारे मित्र या भूतपूर्व मित्र थे घसीटासिंह। कई मामलों में बड़े ही विचित्र स्वभाव के आदमी थे वह। उन्हीं से मिलकर हमने यह जाना था कि फैशन के हिसाब से हमारे समाज में जो बातें सबसे ज्यादा लोकप्रिय हैं, उनमें एक हॉबी भी है। 'हॉबी' यानी शौक; लेकिन शौक कहने में सबसे बड़ी बुराई यह है कि वह चतुर्थ श्रेणी जैसा शब्द लगता है। हम सभी देशी वाक्यों की मौखिक रूप से तो बहुत चिंता करते हैं, पर व्यवहार में बोलते अंग्रेजी ही हैं। हम तो शौक को 'हॉबी' ही कहेंगे। जिस तरह बच्चे परंपरागत ढंग से बनी जलेबियाँ खाना पसंद नहीं करते, टॉफियाँ खाते हैं, उसी तरह अब हम लोग 'शौक' नहीं पालते, 'हॉबियाँ' पालते हैं; और इन हॉबियों की लिस्ट दिन-पर-दिन इतनी लंबी होती जा रही है कि अगर हम केवल लिस्ट बनाने बैठें तो पूरी पुस्तक तैयार हो जाए। वैसे अब पुस्तक तैयार करना भी कुछ ज्यादा टेढ़ी खीर नहीं रही है। बस, एक अदद कैंची आपके हाथ में हो और पराया माल अपना करने का ढंग आपको आता हो, पुस्तक तैयार! पहले पुस्तकें लिखी जाती थीं, अब पुस्तकें बनाई जाती हैं; और काम करती हैं मूर्ख बनाने का, हमें भी, आपको भी और दूसरे भाई-बंधुओं को भी!

खैर, तो बात चल रही थी हॉबीवाले लोगों की। सारी-की-सारी हॉबियों की गिनती करना तो जान-जोखिम का सौदा है, इसलिए हम इसे छोड़ते हैं। आप जानते हैं कि इन दिनों हमारे समाज में हॉबियों और भाभियों की भरमार है। आपके जितने भी परिचित होंगे, उनसे अधिक आपकी भाभियाँ होंगी। और उनसे अधिक उनकी और उनके परिवार की हॉबियाँ होंगी!

एक साहब हैं, सिगरेट के धुएँ के छल्ले बनाना जिनकी हॉबी है। दूसरे हैं, पतंगबाजी जिनकी हॉबी है। बाजियों में हॉबियों के मिश्रण की जितनी गुंजाइश है, उतनी शायद किसी चीज में नहीं है। उदाहरण के रूप में हम आपको याद दिलाते हुए गिनना शुरू करें—तीतरबाजी, कबूतरबाजी, ताशबाजी, पतंगबाजी, गपबाजी, मुक्केबाजी, धोखेबाजी, पैंतरेबाजी, सियासतबाजी, तिकड़मबाजी, शतरंजबाजी, यह बाजी, वह बाजी; जाहिर

है कि ये सारी 'बाजियाँ' जो हैं एक तरह से 'हॉबियाँ' ही, जिन्हें लोग अपनी-अपनी रुचि के अनुसार अपनाते हैं। अपना दिल बहलाते हैं, दूसरों का दिल जलाते हैं। क्योंकि हॉबीवाला बंदा उस वक्त तक चैन से नहीं बैठता, जब तक अपनी गाथा सुनाकर आपका धंधा चौपट नहीं कर देता। हमें जब यह विचार आया कि न्यायालयों के बारे में जानकारी प्राप्त करने के लिए कुछ अनुभवी लोगों से संपर्क करें तो याद आए श्री घसीटासिंहजी। क्योंकि उनके जीवन की एकमात्र 'हॉबी' ही मुकदमेबाजी रही थी। इस मुकदमेबाजी के चक्कर में घसीटासिंहजी अपने नाम को चरितार्थ करते हुए स्वयं भी जीवन-भर घिसटते रहे और दूसरों को निरंतर घसीटते रहे। हमें विश्वास है, यह क्रम अब भी जारी होगा, वह घिसट भी रहे होंगे और घसीट भी रहे होंगे प्रतिवादियों को।

आप मानें या न मानें, जितनी भी हॉबियाँ या बाजियाँ हैं, उनमें सबसे रोचक अगर कोई है तो मुकदमेबाजी है। बस, शर्त यह है कि आपको मुकदमा लड़ना और दाँव-पेंच से काम लेना आता हो। अगर नहीं आता तो आप उस जुआरी की तरह होंगे, जो हर बार बाजी हारता है और अंत में अपना सबकुछ दाँव पर लगा देता है। मुकदमेबाजी और जुएबाजी, वैसे अपने अंतिम परिणाम के दृष्टिकोण से एक ही हैं। जैसे न्यायघर की शरण लेनेवाला व्यक्ति नंगा होकर बाहर निकलता है, वैसे ही जुएघर से वापस आनेवाला आदमी भी खाली ढोल बनकर ही वापस आता है। इन दोनों जगहों पर यह कहावत फिट बैठती है—'जीत गया सो हारा समझो, हार गया तो पत्थर से दे मारा समझो'। अब यह और बात है कि न तो जीतनेवाला अपनी हार मानता है और न हारनेवाला। जैसे अदालत का हारा अपील-पर-अपील किए जाता है, वैसे ही जुएघर का पराजित दाँव-पर-दाँव लगाए जाता है। पर न पौबारे इसके होते हैं, न उसके। जब तक हमारे मित्र घसीटासिंह भूतपूर्व नहीं हुए थे, मुकदमे लड़ते रहे और हमें मुक़दमे की 'कमेंटरी' सुनाकर बोर या भावविभोर करते रहे। वैसे हम आपको बता दें कि क्रिकेट की 'कमेंटरी' सुनने के मुकाबले 'मुकदमे' की 'कमेंटरी' सुनना ज्यादा रोचक एवं लाभदायक होता है। इसमें एक तो आदमी का ज्ञान बढ़ता है, दूसरे सारा जहान रोशन हो जाता है।

एक दिन हमारे भूतपूर्व मित्र घसीटासिंह 'मुकदमेबाज' ने यह कहकर

हमें चौंका दिया था कि अदालत में असली मुकदमों की मात्रा, ईश्वर झूठ न बुलवाए, तो बस इतनी ही होती है, जितनी प्राचीन युग से लेकर अब तक उड़द पर सफेदी या वर्तमान समय में पानी में दूध की मात्रा। अब तो यह शोध का विषय है कि हजारों वर्षों के लंबे इतिहास में उड़द पर विद्यमान सफेदी ने अपना आकार अब तक क्यों नहीं बदला या घटाया, जबकि पानी में दूध की मात्रा दिन-पर-दिन घट रही है और शीघ्र ही वह समय आ सकता है जब पानी तो बाकी रह जाएगा, दूध नदारद हो जाएगा। घसीटासिंहजी 'मुकदमेबाज' का कहना था कि अदालत में चलनेवाले ज्यादातर मुकदमे फर्जी होते हैं, जिनसे या तो मुकदमेबाजों की हॉबी पूरी होती है या जो अपने विरोधियों को परेशान करने के लिए ठोक दिए जाते हैं। हमारे भूतपूर्व मित्र का यह भी कहना था कि अगर पूरे-का-पूरा मुकदमा फर्जी न भी होता हो तो उसका आधा, तिहाई या चौथाई भाग तो अवश्य ही फर्जी होता है। उसकी बात हमारे पल्ले नहीं पड़ी तो यह कहकर उन्होंने अपनी बात को स्पष्ट किया—मान लीजिए कि घटना असली है तो प्रतिवादियों में से एक-न-एक जरूर फर्जी होगा। वादी असली है तो घटना फर्जी होगी और वादी और घटना संयोगवश दोनों ही असली हैं तो गवाह अवश्य फर्जी होंगे। आप जानते ही हैं कि जीवन में जैसे-जैसे 'फर्ज' का महत्त्व कम होता जा रहा है, 'फर्जी बातें' निरंतर जोर पकड़ती जा रही हैं। सरकारी स्तर पर विकास के अधिकतर आँकड़े फर्जी, गाँव-गाँव, नगर-नगर बनाई हुई सड़कें फर्जी, विद्यालय फर्जी, परिवार-नियोजन में नसबंदी के आँकड़े फर्जी, अदालतों में मुकदमे फर्जी; यानी फर्जी आदमी चूँकि असली काम कर ही नहीं सकता, इसलिए फर्जी काम करके अपना फर्ज अदा कर रहा है। उनके अनुसार अदालत में मुकदमेबाजों को जो चीज ज्यादा आसानी से उपलब्ध हो जाती है, वह है फर्जी गवाह। हर ढंग और हर कैंड़े का गवाह आप जब चाहें, उचित मुआवजा देकर प्राप्त कर सकते हैं। इन पेशेवर गवाहों का एक ही सिद्धांत है, जैसा मुँह वैसी चपत! यानी जैसा मुकदमा, वैसी गवाही, वैसे ही उसके दाम! गवाहों के अलावा मुकदमेबाजों को कई और चीजें भी खरीदनी होती हैं; जैसे वकील, चपरासी, पेशकार आदि-आदि। खेद यह है कि जब कोई अनुभवहीन व्यक्ति कोर्ट या अदालत की कल्पना करता है तो उसके ध्यान में केवल जज या मुंसिफ

मजिस्ट्रेट का ही चेहरा उभरता है; जबकि अदालत केवल इसी एक महापुरुष का नाम नहीं है। उस तक पहुँचने के लिए आपको सबसे पहले एक दलाल से भिड़ना होगा। दलाल आपकी भेंट एक अदद वकील से कराएगा, जिसके काले चोगे से झाँकती हुई सफेद 'बो' आपको पुनः उड़द पर सफेदी का ध्यान दिलाएगी। वकील तक पहुँचते ही आपकी भेंट होगी उसके घिसे-घिसाए घाघ मुंशी से। फिर पाँच का टिकट पच्चीस में बेचनेवाले स्टांप-फरोश से, उसके उपरांत अर्थ को निरर्थ करनेवाले टाइपिस्ट से, फिर हाजिर को 'गैरहाजिर' बना देनेवाले चपरासी से। फिर अह्लमद से और फिर पेशकार से, तब कहीं जाकर आप असली अदालत तक पहुँचेंगे। असली अदालत तक पहुँचने के लिए आपकी जेब में कितना दम है, इसका ध्यान आपको स्वयं ही रखना होगा; क्योंकि अंतिम मंजिल तक पहुँचते ही आपको गवाहों की जरूरत होगी और किराए के फर्जी गवाह आपको अदालत के आसपास ही टहलते मिल जाएँगे। यदि आप उन्हें नहीं पहचानते तो इस काम में वकील या उसका मुंशी आपकी सहायता कर सकता है। आपकी जेब में पैसा हो तो गवाहों की कमी नहीं। जैसा पैसा, वैसा गवाह!

एक बार हमारे मित्र घसीटासिंह 'मुकदमेबाज' ने अपने घर की एक विवादित दीवार का मुकदमा लड़ा। किस्सा कुछ यों था कि बरसात के मौसम में उनके घर की वह दीवार गिर गई जो उन्हें उनके पड़ोसी के घर से अलग करती थी। जब घसीटासिंहजी ने दीवार को पुनः निर्मित करना चाहा तो पड़ोस के लोग अपने सहयोगियों सहित लाठी-डंडे लेकर उपस्थित हुए और झगड़ा-फसाद पर आमादा हो गए। उनका कहना था कि दीवार उनकी तरफ को तीन-चार इंच बढ़ाकर बनाई जा रही है, यह अतिक्रमण है और उनकी तीन-चार इंच भूमि पर अवैध कब्जा किया जा रहा है। भारी वाद-विवाद के बाद मामला अदालत में पहुँचा। इकट्ठे दो केस दायर हुए—फौजदारी का भी, दीवानी का भी। कहते हैं, दीवानी मनुष्य को दीवाना बना देती है और फौजदारी के मामले से तो फौज भी हार गई है। पर हमारे घसीटासिंहजी थे कि नहीं हारे। बात बहुत लंबी है, पर जिस मोल खरीदे गवाह की सेवाएँ उन्होंने हासिल कीं, उसकी चतुराई सुनकर हम भी दाँतों तले उँगली दबाए बिना नहीं रह सके।

गवाह साहब घसीटासिंहजी से परिचित नहीं थे, खंडित दीवार को

उन्होंने कभी देखा नहीं था, झगड़े के समय वह मौके पर मौजूद नहीं थे। पर जब प्रतिपक्ष के वकील ने उनसे पूछा—"क्यों! क्या विवाद के समय तुम मौके पर थे?" तुरंत बोले—"हाँ साब, झगड़े के समय भी, झगड़े से पहले भी और झगड़े के बाद भी।" दूसरा सवाल हुआ—"क्या तुम बता सकते हो, दीवार किस रुखी है, पूरब-पच्छिम को या उत्तर-दक्खिन को?" उत्तर मिला—"यह तो साब, इस बात पर निर्भर करता है कि आप किस दिशा में खड़े हैं! पूरब से देखें तो पूरब-पच्छिम को, उत्तर से देखें तो उत्तर-दक्खिन को।" तीसरा सवाल हुआ—"अच्छा, यह बताओ, विवादित दीवार सड़क पर है या गली में?" गवाह साहब ने झट उत्तर दिया—"चौड़ी सड़क से होकर जाओ तो दीवारवाला रास्ता दिखाई देगा और गली से होकर जाओ तो सड़क दिखाई देगी।" वकील साहब ने एक और सवाल किया और गवाह साहब को फाँसना चाहा। पूछा—"दोनों घरों के बीच की इस दीवार में ढहने से पहले खिड़की थी या दरवाजा?" गवाह साहब बोले—"ठिगने लोगों के लिए वह दरवाजे जैसा था और लंबे कदवालों के लिए खिड़की जैसी।" वकील साहब की तबीयत झक हो गई और मामला अगली तारीख तक के लिए टल गया।

यह घटना सुनाई थी हमें हमारे मित्र घसीटासिंह 'मुकदमेबाज' ने और इसी से हमने यह महसूस किया था कि 'असली से फर्जी भला जो करे धड़ाके बात'। फिर फर्जी जीवन में असली चीजों से काम भी कहाँ चलता है, भाई!

अब यह तो हम नहीं कह सकते कि मुकदमेबाजी और अदालतबाजी के संबंध में जो कुछ उन्होंने हमें सुनाया, उसमें कितना सच था; क्योंकि व्यक्तिगत रूप से हमें अदालत और मुकदमेबाजी का कोई विशेष अनुभव नहीं है। इसीलिए हमने कुछ ऐसे लोगों से संपर्क किया, जो इस विषय में विश्वसनीय जानकारी रखते हों। आइए, देखें हमारे मित्र की बात असली कितनी थी और फर्जी कितनी। काश! यह फर्जी ही निकले, क्योंकि फर्जी जीवन में असली बातों के लिए कोई स्थान नहीं।

—गिरिराजशरण अग्रवाल

१६, साहित्य विहार,
बिजनौर (उ.प्र.)

बाअदब, बामुलाहिजा, होशियार!

❀ गजेंद्र तिवारी

वह एक ऐसा आम आदमी था, जिसकी चिंता में उस विशाल देश के सारे राजनेता और शासनकर्ता दुबले हो रहे थे। सभी को उसकी सेहत के बारे में चिंता थी, उसकी खुराक के बारे में चिंता थी, उसके रीति-रिवाजों की चिंता थी। रहन-सहन के ढंग और बोलचाल की चिंता तो थी ही। चिंताओं का यह आलम था कि उसकी अनेकविध चिंताओं की भी चिंता थी उन्हें। इस तरह वह आम आदमी पूरे देश की चिंता का केंद्र था।

उस देश का आम आदमी जमीन से जुड़ा होने के कारण, उसकी चिंता का एक बड़ा भाग जमीन से जुड़ा होना स्वाभाविक ही था। जमीन संबंधी चिंताओं का निराकरण जल्दी और सुविधापूर्वक हो जाए, इसलिए उस आम आदमी के लिए घर के निकट ही न्याय देने की व्यवस्था, व्यवस्था प्रमुखों ने कर दी थी। परिणामत: जगह-जगह उप-तहसीलें बन गईं और उनमें कर्तव्यनिष्ठ तथा काबिल राजस्व अधिकारियों की नियुक्तियाँ कर दी गई थीं, ताकि उस आम आदमी को जमीन संबंधी मामले-मुकदमों को निबटाने के लिए अपने गाँव से ज्यादा दूर न जाना पड़े।

ऐसी ही किसी एक उप-तहसील की कथा है। साल के तीन सौ पैंसठ दिनों में से कोई भी एक दिन। आम आदमी जैसे बैठता है, वैसे ही अनेक आम आदमी उप-तहसील ऑफिस के सामने बैठे हुए थे। जमीन से जुड़े लोग जमीन पर ही बैठते हैं, चाहे उकड़ूँ बैठें या आलथी-पालथी मार के। बैठे-बैठे थक गए तो जमीन पर ही लुढ़क जाते हैं। आम आदमी को

जमीन से जोड़े रखने के नेक खयाल से ही देश के इजलासों और दफ्तरों में उसके लिए बेंचों या कुरसियों का इंतजाम नहीं रखा जाता। अलबत्ता जमीन का इंतजाम भरपूर रहता है। और हाँ, संपूर्ण जीवमात्र को उस देश में एक नजर से देखने की हजारों साल पुरानी स्वर्णिम प्रथा है। वहीं पर ढोर-डाँगर भी बैठें, वहीं पर आम आदमी भी। भला जीव-जीव में फर्क कैसा!

हाँ, तो उस उप-तहसील के कार्यालय के सामने जिसको जहाँ जगह मिली, वहाँ पर आम आदमी बैठे हुए थे। बारह बजे दोपहर का समय हो चला था। उप-तहसील कार्यालय के पट बंद थे। चपरासी साहब और बाबू साहब ही जब नहीं आए थे तब साहब बहादुर के आने का सवाल ही कहाँ पैदा होता था! आम आदमियों को सख्त हिदायत थी कि साढ़े दस बजे से पेश्तर अदालत में हाजिर हो जाओ। वे 'अनुशासन ही देश को महान् बनाता है' जैसे महान् सुभाषित पर अमल करनेवाले अनुशासनप्रिय नागरिक थे। अपनी जिम्मेदारियों को समझते थे। लिहाजा, हाजिर हो गए थे। जिनके सामने उन्हें हाजिर होना था दस्तबस्ता, वे हाजिर होने के लिए अलबत्ता प्रतिबद्ध नहीं थे। एक सच्ची जम्हूरियत, यानी डेमोक्रेसी में, दरअसल, यही कायदा हुआ करता है। अब अदालतों और दफ्तरों की बागडोर सँभालनेवालों पर और भी तो जिम्मेदारियाँ होती हैं!

करीब एक बजे वे दोनों, यानी बाबू और चपरासी, नमूदार हुए। शांतिपूर्वक उन्होंने अदालत के दरवाजे खोले और निर्विकार भाव से कुरसी पर जा बैठे, फिर सिगरेटें सुलगा लीं। आम आदमी बाहर बैठे बीड़ियाँ फूँक रहे थे। एक ने हिम्मत बटोरी और जा पहुँचा भीतर। सारी विनम्रता सहेजकर पूछा, "बाबू साहब, तहसीलदार साहब कब आएँगे?"

ऊपर से नीचे तक घूरकर और आम आदमी से जिस रुखाई से बात की जाती है उसी रुखाई से बाबू साहब ने कहा, "बैठो, बैठो, बहुत जल्दी पड़ी है क्या?...आते हैं साहब, अभी आराम कर रहे हैं।"

डाँट खाकर सहमना और सहमकर चुप हो जाना आम आदमी का पवित्र कर्तव्य है। इसी का पालन करते हुए वह खिसियानी-सी हँसी हँसते हुए सहमा और फिर चुप होकर बाहर निकल आया। ऐसे समझदार नागरिकों पर भला किस देश को गर्व न होगा! बाहर बैठे आम आदमियों

ने उसे प्रशंसा की नजरों से देखा। तमाम प्रशंसात्मक नजरों को उसने विनम्रतापूर्वक ग्रहण किया और अपनी पगड़ी में कलगी की तरह खोंसकर इतमीनान से बीड़ी सुलगाने लगा।

दो बजने वाले थे और आम आदमी को उप-तहसील की ड्योढ़ी पर बैठे-बैठे कोई चार घंटे से अधिक का समय बीत चुका था। कुछ लोग जरूरतकालीन मजबूरियों के आगे घुटने टेक इधर-उधर भी हो लिये थे। मुगलों का जमाना होता तो आलीजाह के दरबार में आते ही 'बाअदब, बामुलाहिजा, होशियार' का उद्घोष होता और परिंदे तक सावधान हो जाते···पर कहाँ रहा वह जमाना? कहाँ रहीं वे बुलंद आवाजें? लिहाजा, जब वह अवतरित हुए तो जो लोग सामने थे वो तो जान गए और खड़े होकर कोर्निश बजाते हुए धन्य हो लिये, लेकिन जो इधर-उधर थे उनकी कमबख्ती कि उन्हें खबर न हुई।

वह आए। वह लड़खड़ाते-डगमगाते हुए आए। शायद गुनगुनाते हुए आए—'जमाना ये समझा कि हम पी के आए'। इसके बाद जैसे ही उन्हें हिचकी आई, चपरासी ने पानी का गिलास उनके आगे कर दिया (साहब के आते ही चपरासी साहब सिर्फ चपरासी रह गए)। साहब कुरसी पर और चपरासी स्टूल पर!! पानी पीने के बाद साहब ने सिगरेट सुलगाई और एक कश लेकर कहा, "बाबू! मामले निकाले आज के?"

चुस्त बाबू ने (वह भी बाबू साहब से बाबू हो गया था) फाइलों की कई छोटी-मोटी टेकड़ियाँ साहब की टेबल पर जमा दीं। साहब ने एक मामले की फाइल चुस्ती से उठाई और नाम पढ़कर आवाज लगाने को कहा। चुस्त चपरासी ने हाँक लगाई। कोई नहीं आया। साहब ने त्योरियाँ चढ़ाईं और कुछ शब्दों का उच्चारण किया। वैसे ही शब्द थे जैसे होली के अवसर पर अति उत्साही लोग कहा करते हैं, 'बाबू, खारिज कर दो मामला, अदम पैरवी में'। साहब की आवाज थी तो सख्त, लेकिन लग रहा था कि भरतनाट्यम् कर रही है।

तीन-चार मामले निपटाने के बाद साहब थक गए। टेबल की दराज में रखी हुई माया के बंडल को अपने कोट की जेब में डालने की वर्जिश भी उन्हें करनी पड़ी और इस अतिरिक्त थकान से मजबूर हो उन्होंने अपने दोनों चरण टेबल पर रख दिए। उनके चरणस्पर्श से कृतकृत्य हुई फाइलों

की टेकड़ियाँ जमीन पर जा विराजीं। जमीन से जुड़े लोगों की फाइलें जमीन से अंततः जुड़ ही गईं। यह सुखद दृश्य देखकर भला किसकी आँखें न जुड़ा जाएँगी! बाहर बैठे आम आदमियों की आँखों में साहब के प्रति सद्‌भावना के भाव स्पष्ट देखे जा सकते थे। कितने मेहनती हैं साहब! आखिर दिमागी काम है, थक जाते हैं बेचारे!

खर्राटों की आवाज जब बाबू ने स्पष्ट रूप से सुन ली तब उसने चपरासी को इशारा किया और जो केस फाइलें अब तक जमीन पर पड़ी धरा-सुख ले रही थीं, एक बार पुनः बाबू साहब की मेज पर आ गईं। धीमी आवाज में चपरासी नाम लेकर बुलाता, दबे पाँव पक्षकार भीतर जाता, पाँच का नोट बाबू साहब की नजर करता, दो की पत्ती चपरासी को थमाता और मामले की पेशी बढ़ा दी जाती। करीब डेढ़ सौ लोग आए हुए थे। इस मशक्कत में पाँच तो बजने ही थे। लोग पेशी तारीख की चिटें अपने माथों से लगाए हुए 'अहोभाग्य हमारे' के अंदाज में जा रहे थे। वे अभ्यस्त थे इसके। पिछले तीन वर्षों से इसी परंपरा का निर्वाह वे भक्तिभाव से कर रहे थे।

करीब सारे लोग या तो जा चुके थे या जा रहे थे। एक आम आदमी बचा हुआ था। उसने कहा, "बाबू साहब, मेरी पुकार तो हुई नहीं!"

ऐसे लोगों के साथ जितनी हिकारत से बात की जाती है, उससे कुछ ज्यादा हिकारत से बाबू साहब ने कहा, "तुम्हारा मामला खारिज हो गया।"

"खारिज हो गया! मैं तो सवेरे से बैठा हूँ, पुकार ही नहीं हुई मेरी तो।" उसने करीब-करीब रुआँसे स्वर में कहा।

"झूठ बोलते हुए शर्म नहीं आती! पुकार नहीं हुई कहते हो! साहब ने खुद पुकार लगवाई है। जब तुम नहीं आए तब, तब मामला खारिज किया है। साहब झूठ बोलेंगे क्या?" बाबू ने एक साँस में ही अपना शस्त्रागार खाली कर दिया।

"लेकिन मैं तो सवेरे से यहीं बैठा हूँ।" उसने अपने डगमगाते विश्वास की नाव को सँभालने की ग्रामीण कोशिश करते हुए कहा, "हाँ, बीच में पाँच मिनट के लिए पानी पीने गया था।"

"तो जाओ न, पिओ पानी! पानी क्या, कुछ और पिओ न!" बाबू

साहब ने ताना मारते हुए कहा, "पेशी में आते हो तो पानी पीकर क्यों नहीं आते? बड़े लाट साहब हैं, पानी पीने गए थे।"

बाबू साहब सचमुच काफी गुस्से में आ गए थे। उन्होंने रद्दी की टोकरी में पता नहीं अपना गुस्सा निर्पेक्षित किया या पान की पीक। बोले, "जाओ, मेरा टाइम बरबाद मत करो। देखते नहीं, पाँच बज गए हैं। अब क्या चौबीसों घंटे तुम्हारी नौकरी करेंगे?"

बाबू साहब ने फिर इशारा किया और 'खग जाने खग ही की भाषा' के सूत्र के मुताबिक चपरासी गया निद्राधीन साहब के पास और कहा, "साहब, पाँच बज गए।"

□

ला खर्चा निकाल!

❀ गजेंद्र तिवारी

पुलिस थाने में उसे हथकड़ी पहनाई गई। हथकड़ी रस्म के पूरा होते ही थाना-मुंशी ने कहा, ''खर्चा निकाल।''

जिसे हथकड़ी लगाई गई थी उस भाग्यशाली के पिताश्री ने सवा रुपया निकालकर मुंशीजी के डेस्क पर रख दिया। आपने कभी बबर शेर को गुस्से में भरकर गरजते देखा है? नहीं देखा होगा। आप इस वक्त मुंशीजी को देख लीजिए, आपको शेरे-बबर का गुस्सा देखने की जरूरत नहीं पड़ेगी।

पुलिस थाने में सत्कार करने की अपनी परंपरा है। उसी सुनहरी परंपरा के अनुसार जब सवा रुपया दक्षिणा देनेवाले का मान-सम्मान कर दिया गया, तब पचास का एक नोट ससम्मान अंटी से बाहर आया और मुंशीजी की कँटीली मूँछों में मुसकराहटों के गुलाब खिल गए।

राज्य परिवहन की यात्री बस में अभियुक्त और उसके पिताश्री तथा गाँव के दो बुजुर्ग, जिन्हें थाने या अदालत का अनुभव था, और एक जमानतदार तथा दो सिपाही—सब-के-सब आरूढ़ हो गए। बस में बैठते साथ सिपाही ने मुजरिम के बाप से कहा, ''ला खर्चा निकाल!''

''अभी थाने में मुंशी को दिया है, साहब, खर्चा।'' पिताश्री ने कहा। उसके इस जवाब में सिपाही के श्रीमुख से क्या-क्या सुभाषित निकले यह हम नहीं सुन पाए; क्योंकि राज्य परिवहन की बस में बैठने के बाद श्रवण-शक्ति जवाब दे देती है। क्या कहा गया वह तो नहीं मालूम, लेकिन

जो कहा गया उसका असर तत्काल दिखाई दिया। बीस का एक नोट अंटी से निकला और खाकी वरदी की ऊपरी जेब में प्रविष्ट हो गया।

अदालत के सामने ही बस रुक गई। सब नीचे उतरे। सिपाही ने समाझिश दी, "जमानत कराने के लिए वकील रखना पड़ेगा। हमारी पहचान के एक बढ़िया वकील हैं। उनकी पहचान साहब से भी है। वो तुम्हारा काम फौरन करवा देंगे। चलो, चलते हैं उनके पास।"

अपने पुलिसवाले ग्रामीण जन से कितना सहयोग करते हैं, यह ऊपर बतलाई बात से साबित हो जाता है। वे सब एक वकील साहब के पास पहुँचे। सिपाही ने कहा, "साहब, एक चालान है। जमानत करवा दीजिए। अपने आदमी हैं।"

वकील साहब ने अपने मुंशी को इशारा किया और वे सब-के-सब पास के होटल में जा पहुँचे। सिपाही ने मुजरिम के पिताश्री को इशारा किया। होटलवाले को कुछ कहने की जरूरत नहीं पड़ी। उसका तो रोज का काम था। नमकीन, मीठा और चाय आदि का दौर बदस्तूर पूरा हुआ। अंटी से एक पचास और बाहर निकला।

पान की दुकान पर पान और सिगरेट का एक लघु ओलंपिक हुआ। बीस का एक और नोट दिन का उजाला देखने में समर्थ हुआ। अंटी क्या थी, कारूँ का खजाना थी।

"चालान पास करा लेते हैं, चलो।" सिपाही ने कहा अभियुक्त को लोक अभियोजक के कार्यालय की ओर ले जाते हुए। नीम के बड़े से झाड़ के नीचे पुराने जमाने का बना हुआ दफ्तर था। सिपाही ने चालान पेश करने के पहले एड़ियाँ बजाकर सैल्यूट किया। फिर खुद ही शरमा गया। जिसे दागा था सैल्यूट वह तो था ही नहीं दफ्तर में, कुरसी खाली थी।

मुहर्रिर यानी एक सिपाही बैठा था ड्यूटी पर। उसने चालान लिया एक हाथ में और दूसरा हाथ आगे बढ़ा दिया, "ला खर्चा निकाल!" मुजरिम के पिताश्री ने थाने के सिपाही की ओर आशा-भरी नजरों से देखा।

सिपाही ने कहा, "चालान पास कराने का नजराना देना पड़ता है।...इस ऑफिसवाले साहब तुम्हारा चालान मंजूर कर तुम्हारे खिलाफ मुकदमा कायम करने जा रहे हैं, इसलिए उन्हें खर्चा देना पड़ेगा।...पचास

दे दो। ज्यादा नहीं लगता यहाँ, बहुत वाजिब रेट में तुम्हारा काम करवा दे रहे हैं।''

उस दफ्तर के सिपाही की फुरती देखने लायक थी पचास का नोट खीसे में डालने के बाद। आनन-फानन में ही वह चालान पास करवाकर ले आया। पास करवाने का मतलब साहब द्वारा चालान के फार्म पर अपनी चिड़िया बिठाना था।

यह संस्कार पूरा होने के बाद वकील और उसके मुंशी की कार्यविधि प्रारंभ हुई। मुंशी ने कहा, ''ला खर्चा निकाल!''

मुजरिम का पिता होना कितनी अहमियत रखता है, यह उस दिन पता चला मंगलूराम को। दूल्हे के पिता जितना ही, या कन्या के पिता जितना ही महत्त्व होता है उसका।

मुंशी द्वारा 'खर्चा निकाल' कहने पर थाने के सिपाही की ओर देखा मंगलूराम ने। सिपाही ने कहा, ''कागजात बनाने होंगे जमानत के। सौ रुपया दे दो मुंशीजी को।''

''वकील साहब को अभी देने की जरूरत नहीं है। काम करवाने के बाद ही देना उनको।''

अंटी ने फिर सौ के एक नोट को जन्म दिया। वकील साहब के मुंशीजी कई किस्म के फार्मों और सरकारी कागजों में उलझ गए। जमानत की अर्जी तैयार कर वकील साहब की चिड़िया उसपर बिठवाई, फिर अदालत की ओर बढ़ गया।

सिपाही ने चालान पेशकार के पास पेश कर दिया। पेशकार ने हाथ बढ़ाया, ''ला खर्चा निकाल!'' सिपाही ने मंगलूराम को इशारा किया। अब तक मंगलूराम इशारों की भाषा में पारंगत हो चुका था। दस-दस के दो नोट उसने बढ़ा दिए जिन्हें दराज के हवाले कर पेशकार ने कहा, ''जाओ, जमानत की अर्जी लेकर आ जाओ।''

इसी समय वकील साहब का मुंशी पहुँच गया। उसने अर्जी पेश कर दी। वकील साहब का मेमो पेश कर दिया। पेशकार ने चालान का मुआयना किया सरसरी तौर पर। फिर एक ऑर्डरशीट लगाकर उसपर आवश्यक इंद्राज किए। यह सब होने के बाद उसने चपरासी को आवाज दी, ''भोला! यह ले जाओ साहब के पास।''

साहब चेंबर में थे। चपरासी ने मंगलूराम के बेटे की फाइल उठाई और हाथ बढ़ा दिया, ''ला खर्चा निकाल!''

मंगलूराम ने सिपाही की ओर देखनेवाली वही क्रिया एक बार फिर दुहराई। इशारों की भाषा समझ पाँच का नोट उसकी, यानी भोला की हथेली पर रख दिया जिसका स्पर्श पाते ही भोला की गाड़ी में जैसे फर्स्ट गियर लग गया।

आदेश हो गया। जमानत की कार्रवाई पूरी हुई। कागजात पेश हुए। जमानत तस्दीक की गई और मुजरिम को छोड़ने के लिए कह दिया गया। सिपाही ने हथकड़ी खोल दी। मंगलूराम का बेटा मुक्त हुआ। पेशकार को बख्शीश दी मंगलूराम ने। चपरासी को भी। सिपाही को भी। वकील मुंशी को भी। दो सिपाही थे जिनमें से एक ही को मंगलूराम ने दिया था। दूसरेवाले ने कहा, ''कुछ खर्चा-वर्चा नहीं दोगे?''

मंगलूराम को लगा कि सिपाही होने के बाद भी यह कितना शरीफ है। 'ला खर्चा निकाल' नहीं बोल रहा, 'कुछ खर्चा-वर्चा नहीं दोगे' ऐसा बोल रहा है। मंगलूराम की अंटी वाटर ऑफ इंडिया के जग की तरह करामाती थी। उस सिपाही को भी उसने दिया।

अब वकील साहब की बारी थी। सिपाही ने मंगलूराम से कहा, ''तीन सौ दे दो साहब को।'' वकील साहब भले आदमी थे। उन्होंने अपने मुँह से कुछ नहीं कहा। ऐसे सज्जन बिरले ही होते हैं। मंगलूराम ने तीन सौ रुपए वकील साहब को भेंट किए।

''अच्छा साहब, चलता हूँ।'' सिपाही ने वकील साहब को सलाम करते हुए कहा। उन्होंने सिपाही को एक ओर बुलाया और उसकी हथेली में सौ का एक नोट रख दिया। सिपाही स्पर्श पहचानता था। उसने बिना देखे ही नोट को जेब के हवाले किया। ''अच्छा साहब, नमस्कार।'' सिपाही लोग शिष्टाचार नहीं जानते, ऐसा बौड़म लोग ही कहते हैं।

''चलो मंगलूराम! चाय वगैरह पीते हैं। थक गए आज तो,'' सिपाही ने कहा होटल की तरफ बढ़ते हुए। होटल मालिक ने उन्हें आते देखा तो उसके चेहरे पर कान से कान तक मुसकराहट की रेखा खिंच गई। मंगलूराम ने सबकी नजर बचाकर अपनी अंटी टटोली, अंटी खाली थी। वह बदहवास-सा इधर-उधर टटोलने लगा। कुछ नहीं था अंटी में

सिपाही समझ गया—"लगता है, किसी ने तुम्हारी पॉकिट मार दी। एक-से-एक पॉकिटमार घूमते रहते हैं यहाँ कोर्ट में। सँभालकर रखना चाहिए।" सिपाही ने सीख देते हुए कहा।

लेकिन अब कैसा करेंगे? अब तो मोटर किराया भी नहीं है। कैसे जाएँगे अब? चिंता की बदलियाँ मंगलूराम के चेहरे पर देखी जा सकती थीं।

सिपाही की नजरें मंगलूराम के हाथों पर पड़ीं। चाँदी के कड़े पहने हुए था मंगलूराम दोनों हाथों में। सिपाही की नजरें मंगलूराम पहचानता था। उसने कड़े उतारे और कहा, "इनको कहीं गिरवी रख आओ और रुपए ले आओ।"

सिपाही ने वकील के मुंशी को वे कड़ें दे दिए और कहा, "कहीं रखकर रुपए ले आओ।"

आधे घंटे के बाद चार सौ रुपए लेकर मुंशी आया। उन्होंने भरपेट नाश्ता किया। शाम घिरने लगी थी। सिपाही ने कहा मंगलूराम से, "यार, अब तो मन हो रहा है, चलें उधर। कुछ तर चीज हो जाए।"

सिपाही को पता था, उसकी पसंद का माल कहाँ मिलता है। थोड़ी देर के बाद जब वे आए तो उनकी हालत काबिले गौर थी। मंगलूराम भी मगन था। वह लगातार एक ही बात दुहराए जा रहा था, "ला खर्चा निकाल, ला खर्चा निकाल!" सिपाही उसे बार-बार कोंच रहा था कि क्या बक रहा है, लेकिन मंगलूराम अपनी ही धुन में मस्त था।

□

मुकदमे की मान-मर्यादा

❀ गिरिराजशरण अग्रवाल

पाँच साल में बहत्तरवीं बार कचहरी का चक्कर काटकर लौटे तो लगा जैसे हम न घर के रहे हों, न घाट के। आईना देखा तो देर तक सोचते रहे कि हम अभी आदमी ही हैं या धोबी साहब का 'लाड़ला' बन चुके हैं। धोबी का खयाल आते ही हमें अपने वकील साहब का खयाल आया और दोनों में समानता देख हम सचमुच दंग रह गए। धोबी जिस प्रकार मैले कपड़ों को पीटता-कूटता है और निचोड़-निचोड़कर साफ कर देता है, ठीक उसी प्रकार वकील भी अपने मुवक्किल को पूरी शक्ति से निचोड़ता है और सुखाकर हवा की तरह हलका कर देता है। सचमुच इन पाँच वर्षों में हम काफी हलके हो गए थे, जेब से भी और जिस्म से भी, और मामला था कि उसका अभी कोई अंत नहीं था। पच्चीस साल भी चल सकता था और पचास साल भी। जिस अदालत के सामने प्रतिदिन डेढ़-दो सौ मामले निस्तारण के लिए हों और यह संख्या प्रतिदिन बढ़ती ही जा रही हो, वह क्या खाकर हमारे जीते-जी मुकदमे का फैसला करेगी? आप पूछेंगे कि अगर ऐसा है तो फिर इस अदालतबाजी से पीछा क्यों नहीं छुड़ा लेते? हमारा जवाब है कि हम तो कंबल का पीछा छोड़ना चाहते हैं, कंबल ही कमबख्त हमारा पीछा नहीं छोड़ रहा है। दुर्भाग्य यह है कि हम प्रतिवादी हैं और प्रतिवादी को आजादी नहीं होती। न घर छोड़ने की, न घाट छोड़ने की।

यह सोचकर कि अभी कम-से-कम पचास साल और अदालत के

चक्कर काटने पड़ सकते हैं, और उम्र में हमारी इतनी गुंजाइश नहीं रही है, हमने निर्णय लिया है कि अपने इकलौते बेटे के नाम वसीयत कर दें, जिसमें हम लिखेंगे—

'परमप्रिय इकलौते बेटे!

'तुम जानते हो कि शोभारामजी ने हमारे विरुद्ध जो मुकदमा दायर किया था वह हमारे जीते-जी विचाराधीन बना रहा और हमें पूरा विश्वास है कि तुम्हारे जीते-जी भी विचाराधीन बना रहेगा; क्योंकि दुनिया में केवल दो ही चीजें ऐसी हैं, जिनका विचाराधीन बने रहना अति आवश्यक है—एक मुकदमा और दूसरा पुलिस द्वारा जेल में बंद किया गया आरोपी। अगर ये विचाराधीन न रहे तो पुलिस-थाने से लेकर कोर्ट-कचहरी तक सारा धंधा ही चौपट हो जाएगा। इसलिए अगर तुम हमारे बेटे हो तो तुम्हारा एकमात्र कर्तव्य है कि जब तक जियो, इस मुकदमे की पैरवी करते रहो और जब परलोक सिधारने का अवसर आए तो तुम भी हमारी तरह अपने बेटे को वसीयत लिख जाना कि वह भी इसे विचाराधीन ही बनाए रखे, चाहे इसके लिए तुम्हारी एक-एक ईंट ही क्यों न बिक जाए।

'प्यारे बेटे, तुम जानते हो कि हमने इस मुकदमे को लड़ने के लिए अब तक अपने पिताजी से मिली संपत्ति का आधा हिस्सा बेच दिया है, बाकी आधा तुम बेच देना। फिर तुम्हारा बेटा, जो भगवान् की कृपा से खाली हाथ और खाली जेब होगा, अपनी मेहनत की कमाई से हमारे इस मुकदमे को जीवित रखेगा। इससे हमारी आत्मा को और हमारी आत्मा के माध्यम से तुम्हारी आत्मा को शांति मिलेगी।'

वसीयत का सारा विवरण हमने सोचकर तैयार कर लिया और प्रतीक्षा कर रहे हैं कि अदालत की पेशियों से छुटकारा मिले तो इसे पंजीकृत कराकर चैन की साँस लें।

वैसे चैन की साँस तो हम अब भी कभी-कभार उस वक्त ले ही लेते हैं, जब हमारा सिद्धहस्त वकील पूरी ईमानदारी से हमारी जेब पर हाथ साफ करके हमें यह कहकर थपकी देता है कि बस चिंता न करो, अगली डेट पर फैसला हुआ ही रखा है और यह डेट कभी नहीं आती; क्योंकि हमें और हमारे बेटे को तो विचाराधीन ही रहना है, विचारमुक्त कभी नहीं होना।

बात यों तो ज्यादा पुरानी नहीं, पाँच साल पहले की है; लेकिन लगता ऐसा है कि जैसे पाँच सदियाँ बीत गई हों। पहली बार जब कोर्ट का हरकारा हमारे पास सम्मन लेकर आया तो हम भय से काँप गए; क्योंकि हमने अपनी उम्र में अब तक कचहरी का मुँह नहीं देखा था। इसलिए हमने अपने से पहले के मुकदमेबाजों के अनुभवों का फायदा उठाते हुए झटपट दस का एक नोट चपरासी के हाथ पर रखा। उसने कुछ बताए बगैर हमारे मन की बात भाँप ली और निस्संकोच सम्मन की पुश्त पर लिख दिया : 'प्रतिवादी घर पर उपस्थित नहीं मिला। पास-पड़ोस से ज्ञात हुआ कि बाहर गया हुआ है।'

हमारी जान में जान आई कि चलो, बला टली। पर कहते हैं कि काठ की हाँडी तो एक ही बार चढ़ती है। अगली तिथि की सूचना लेकर हरकारा आया तो नोट उसने नहीं पकड़ा। वह सम्मन तामील कराने पर तुला हुआ था। हमने लेने से इनकारी पर काफी जद्दोजहद की, लेकिन बात बनी नहीं। हमारे रोने-झींकने के बावजूद उस अदालती दूत ने, जो हमें यमदूत से अधिक जानलेवा दिखाई दे रहा था, सम्मन की पुश्त पर नोट लिख ही दिया : 'प्रतिवादी ने सम्मन लेने से इनकार किया, इसीलिए रू-ब-रू गवाहान उसके पूरब सामना मुख्य दरवाजे पर चस्पाँ कर दिया।'

बाद में ज्ञात हुआ कि चपरासी महोदय की हमसे अधिक सेवा वादकारी द्वारा कर दी गई थी। मजबूर होकर हमें कचहरी का मुँह देखना ही पड़ा।

बात कुछ ऐसी थी कि पाँच साल पहले हमें अपने घर की पश्चिमी दीवार, जो हमारे पड़ोसी शोभाराम के घर और हमारे घर के बीच वास्तविक नियंत्रण रेखा का काम कर रही थी, दोबारा बनवाने की जरूरत आ पड़ी और इसलिए आ पड़ी कि पिछली बरसात ने उस बेचारी पर ऐसा धावा बोला कि उसने हम पर धावा बोलने की ठान ली। दीवार को दोबारा बनवाया गया तो शोभारामजी को आपत्ति हुई। उनका कहना था कि दीवार साहिबा कोई पौने तीन इंच सरककर उनकी तरफ खिसक आई है। फीते, गज, मीटर सब निकल आए, हमारे भी और उनके भी। हम नापते तो जमीन पौने तीन इंच शोभाराम की तरफ निकलती और शोभारामजी नापते तो पौने तीन इंच हमारी तरफ। बहुत चकराए कि एक ही फीते में यह

अविश्वसनीयता कैसे पैदा हो गई, किंतु यह सोचकर चुप हो गए कि जब सारा सामाजिक जीवन ही अविश्वसनीय हो गया है तो एक फीते का ही गिला क्यों?

दरअसल, समय ही ऐसा है जिसमें माप और मापदंड दोनों बदल गए हैं। केवल दंड रह गया है, सो वह भी दंडाधिकारी द्वारा नहीं, डंडे द्वारा दिया और लिया जाता है। वैसे तो हमने बहुत चाहा कि पौने तीन इंच का झगड़ा आगे न बढ़े, पर वह झगड़ा ही क्या जो आगे न बढ़े! इस युग की यही तो विशेषता है कि इसमें आदमी पीछे रह जाता है और झगड़ा आगे बढ़ जाता है। आखिर शोभारामजी ने आव देखा न ताव, हमपर पौने तीन इंच भूमि पर अवैध कब्जा करने का मुकदमा दायर कर दिया।

पहली पेशी पड़ी तो हम भागे-भागे दीवानी के प्रसिद्ध वकील लक्ष्मीनारायणजी के पास पहुँचे। मामला चूँकि दीवानी का था और लक्ष्मीनारायणजी ऐसे मामलों में अपने मुवक्किल को दीवाना बनाने में चतुर थे। लेकिन इसे हमारी विवशता ही कहिए कि लक्ष्मीनारायणजी की शरण लेने के अलावा हमारे पास कोई चारा ही नहीं था और जिसके पास चारा न हो, उससे बड़ा बेचारा कौन हो सकता है!

हम पहुँचे तो लक्ष्मीनारायणजी मुकदमेबाजों से घिरे बैठे थे। काफी प्रतीक्षा के बाद हमें अपनी बात कहने का मौका मिला।

बोले—"दिखाओ अर्जी दावा।"

हमने अर्जी दावे की सत्य प्रतिलिपि पेश की।

ऐनक लगाकर उसे इधर-उधर से झाँककर देखा, पढ़ा नहीं। बोले—"हो जाएगी जवाबदेही। फिलहाल पाँच सौ रुपए मुंशीजी के पास जमा कर दो।"

एकदम पाँच सौ की बात सुनकर हमें लगा जैसे हमारी सिट्टी, जिसे सभ्य लोगों की भाषा में सुध-बुध भी कहते हैं, बस गुम होने ही वाली है। फिर हमने साहस जुटाया और गिड़गिड़ाने के अंदाज में बोले—"वकील साहब, सिर्फ पौने तीन इंच जमीन का मामला है। कुछ रियायत—"

रियायत की बात सुनकर वकील साहब की तेवरी चढ़ ही तो गई। झिड़ककर बोले—"घास तो नहीं खा गए हो! यह वकील का चेंबर है, पंसारी की दुकान नहीं है। जमीन पौने तीन इंच हो या पौने तीन सौ गज,

मुकदमा तो मुकदमा ही होता है, मिस्टर।"

हमने फिर भी हार नहीं मानी। जरा साहित्यिक शैली में उन्हें परचाने का प्रयास करते हुए कहा—"वह जो साहब! बहादुरशाह जफर था ना, आखिरी मुगल बादशाह। उसने दफन के लिए दो गज जमीन दरकरार की थी और जहाँ तक हमारी जानकारी है, मुकदमा हार गया था। यह मामला तो केवल पौने तीन इंच का है और हार-जीत का भी कुछ पता नहीं।"

वकील साहब फिर भड़क उठे—"तुम नहीं जानते, मिस्टर। आदमी को दफनाने के लिए तो कम-से-कम दो गज जमीन की आवश्यकता होती है, पर मुकदमे के लिए तो इंच-दो इंच भी बहुत है। अरे भई, मुकदमा माल के लिए नहीं, मान-मर्यादा के लिए लड़ा जाता है।"

वकील साहब ने जरा नरमी से हमें सारी बातें समझाईं—"जवाबदेही की जाएगी। मौका मुआयना करना होगा। कमीशन जारी करवाया जाएगा। पैमाइश होगी। दोनों मकानों की चौहद्दी नपेगी। तहसील से आबादी का नक्शा-खसरा लेना होगा। बैनामे के कागज दाखिल किए जाएँगे। नगरपालिका में मकान से संबंधित कागजों की जाँच होगी। सबूत पेश किया जाएगा कि पौने तीन इंच की जो विवादित भूमि है, उसपर हमारा कब्जा अवैध नहीं, वैध है।"

इतनी लंबी-चौड़ी कार्यसूची सुनकर हमें लगा कि इन सब कामों के लिए पाँच सौ रुपए कुछ भी नहीं हैं। वाकई काम बहुत झंझट का है।

वकील साहब का भाषण रुका तो मुंशीजी ने हमारी तरफ वकालतनामा और सादा कागज बढ़ा दिया। हमने उसपर दस्तखत ठोके। वकील ने निर्देश दिया—"मुंशीजी, अदालत से आज तारीख ले लो।"

मुंशी हमें लगभग घसीटता हुआ न्यायालय-कक्ष की ओर ले गया। चपरासी ने हमें अंदर जाने से रोका—"अरे, ओ रे। आवाज लगेगी तब जाना, काहे को घुसे जाते हो बेमतलब!"

मुंशी ने हमें इशारा किया—"दो रुपए झाड़ दो।"

हमने दो रुपए झाड़ दिए। अंदर गए तो देखा कि कटघरे के बाहर कुछ लोगबाग और कुछ वकील साहिबान उपस्थित हैं और कटघरे के भीतर पेशकार साहब फाइलों का चट्टा लगाए बैठे हैं।

मुंशी ने हमें इशारा किया—"दस का पत्ता झाड़ दो।" हमने चुपचाप

दस का पत्ता झाड़ दिया। पेशकार ने तारीख लगाई और हम पुनः लौटकर वकील लक्ष्मीनारायण की सेवा में उपस्थित हो गए।

"तारीख ले ली, मुंशीजी?" वकील साहब ने पूछा।

मुंशी ने 'हाँ' में उत्तर दिया। और तब वकील साहब पुनः हमारी ओर आकर्षित हुए—"यह मुकदमा है, युगेंदर बाबू। कोई हँसी-खेल नहीं है। मुकदमा लड़ना और लोहे के चने चबाना एक बराबर है। पैरवी में ढील करोगे तो डिग्री होगी मय हर्जे-खर्चे के।"

हमने निवेदन किया—"देखिए वकील साहब, डिग्री तो अब भी हमपर एक छोड़ तीन-तीन हैं। एम.ए. की डिग्री, एम.फिल. की डिग्री, पी-एच.डी. की डिग्री। इन डिग्रियों ने पहले ही हमारा दीवाला पीट दिया है। अब अगर और कोई डिग्री…।"

हम अभी इतना ही कह पाए थे कि वकील साहब ने हाथ हमारे मुँह की ओर बढ़ाते हुए कहा—"खर्चे में कमी और पैरवी में ढील अगर हुई तो डिग्री से बच नहीं सकोगे, मिस्टर। अब तक की सारी डिग्रियाँ धरी रह जाएँगी। कान खोलकर सुन लो।"

हमने कान खोलकर सुना और पैर खोलकर घर लौट आए।

अगली पेशी पर हम दस बजे से पहले ही अदालत में मौजूद थे। ग्यारह का घंटा बजा तो चपरासी ने आवाज लगानी आरंभ की—"अमुक बनाम अमुक हाजिर हो।"

हम हर आवाज पर लपककर चपरासी के पास जाते और यह जानकर निराश हो जाते कि अमुक कोई और है, हम नहीं हैं। भगवान् का नाम जपते-जपते लंच का समय हो गया। वह भी बीता और चपरासी ने फिर आवाज लगानी आरंभ की। चपरासी जोर लगाकर चीखा—"कोई सुम्माराम बनाम चुकंदरकुमार हाजिर हो।"

हमने लपककर आवाज पर ध्यान दिया। सोचा चुकंदरकुमार तो हम हैं नहीं, यह कोई और ही होगा। चपरासी ने एक बार फिर आवाज लगाई और भीतर जाकर बोला—"हाजिर नहीं है, जनाब।"

शोभाराम हमसे ज्यादा घाघ था। अंदर डटा रहा। हमने उसे देखा तो लपककर अंदर पहुँचे और पेशकार से बोले—"हम हाजिर हैं, साब।"

पेशकार गुर्राया—"तुम हाजिर नहीं हो जी।"

हमने विनती की—"हम हाजिर हैं, साब। चपरासी ने हमें योगेंद्रकुमार से चुकंदरकुमार बना दिया था। चुकंदरकुमार हाजिर नहीं, हम हाजिर हैं।"

हमारी इतनी पतली हालत देखकर पेशकार को हमपर तरस आया। उसने मुकदमे की फाइल निकाली। हमने दस का नोट झाड़ा और अगली तारीख पड़ गई। क्योंकि लंच के बाद उस दिन अदालत बैठी ही नहीं थी।

पाँच साल में बहत्तर बार तारीख पड़ चुकी है। कभी अदालत नहीं, कभी वकील नहीं, कभी हड़ताल, कभी पड़ताल। मुकदमा अभी शुरू नहीं हुआ है और अगले पंद्रह-बीस साल तक शुरू होने की कोई आशा भी नहीं है। हमें विश्वास है कि तब हम जीवित नहीं रहेंगे। इसलिए तय कर लिया है कि बेटे के नाम वसीयत कर जाएँ, ताकि मुकदमा जारी रहे; क्योंकि अब सवाल माल-जायदाद का नहीं, मान-मर्यादा का है और मान-मर्यादा पौने तीन इंच जमीन से बड़ी चीज होती है।

□

गवाही और रिहाई

❀ गिरिराजशरण अग्रवाल

समस्या मुंसिफ मजिस्ट्रेट की अदालत से बलजोरासिंह को जमानत पर रिहा कराने की थी। उसे जो था हफ्ता-भर हो गया था जेल की मेहमानी करते हुए। एक तो पास-पड़ोस का मामला, फिर जाते-जाते वह जमानत की जिम्मेदारी मुझपर डाल गया था।

आदमी था जरा बेढब किस्म का। इसलिए न तो हम इनकार कर सकते थे और न ही कोई बहाना बना सकते थे। वह भी मोहल्लेवालों के दस बार काम आता था। लड़ाई-झगड़ा, झगड़ा-टंटा, पुलिस-चौकी, धींगामुस्ती; यानी समाज की जितनी भी अनिवार्य आवश्यकताएँ और गतिविधियाँ हैं, सबकी सब बलजोरासिंह के जिम्मे थीं। और मोहल्ले के चौकीदार की हैसियत से सभी उसकी देखभाल करते थे। इधर कुछ सालों से जहाँ कुकुरमुत्तों की खेती बढ़ गई थी, हमारे शहर में भी नए दादाओं की पैदावार में काफी कुछ वृद्धि हुई थी। हर मोहल्ले का एक दादा, बल्कि हर गली-कूचे का एक-एक दादा पैदा हो गया था। ये दादा अतीत के दादाओं से भिन्न थे। वे घर-परिवार को अपने ढंग से संरक्षण देते थे, ये अपने ढंग से।

मजे की बात यह थी कि बलजोरासिंह बदमाश नहीं था, लेकिन पुलिस की डायरी में वह छँटा हुआ बदमाश दर्ज था। और चूँकि पुलिस की डायरी गलत नहीं हो सकती, इसलिए यह कहना व्यर्थ है कि बलजोरासिंह एक भला, लेकिन मुँहजोर किस्म का आदमी था। वह

पुलिस का दोस्त भी था और सहायक भी।

एक दिन रात गए हमारे पास आया। दरवाजे पर दस्तक दी। हमने द्वार खोला। चुपचाप हमारे पास की कुरसी पर आकर बैठ गया। हमने पूछा, "कैसे आना हुआ, बलजोरासिंह?"

लापरवाही से बोला, "कुछ खास तो नहीं है। दस-पाँच दिन के लिए जेल जाने का इरादा है। सोचा है, कुछ दिन की मेहमानी कर आऊँ।"

जेलयात्रा की बात कुछ ऐसे कही बलजोरा ने मानो किसी हिल स्टेशन या तीर्थस्थान पर जा रहा हो। हमने कुरेदा, "खैरियत तो है! अचानक जेल जाने की कैसे सूझ गई?"

बोला, "आप जानते हैं, साल में एक-आध बार तो ऐसा हो ही जाता है।"

हम जानते तो थे, फिर भी यह जानना चाहते थे कि यह जो नया कोतवाल आया है, अपने पूर्व के पुलिस अधिकारी से कुछ अलग तरह का है या वैसा ही है।

बलजोरासिंह ने हमारी जिज्ञासा शांत की, "कल याद किया था कोतवाल साहब ने। गए तो विनम्रतापूर्वक बोले, 'आ बैठ भाई, बलजोरा। कैसा है? बच्चे तो ठीक हैं?'

"हम समझ गए, उसे हमारी आवश्यकता है। फिर अलग ले जाकर हमसे बोला, 'तुझे पता तो है ही कि पुलिस इन दिनों अपराध विरोधी अभियान चला रही है। इस थाने का कोटा अभी पूरा नहीं हुआ। पिछले साल का रिकॉर्ड एक सौ पचास अपराधियों का था। अब के इससे दस-पाँच ज्यादा ही होना चाहिए, कम नहीं।'

"हमने चुटकी ली, 'हर साल अपराध विरोधी अभियान चलाने के बाद अपराधियों की संख्या बढ़नी ही तो चाहिए न, सरकार!'

"कोतवाल ढिठाई के साथ बोला, 'बात ऐसी है, बलजोरा, ऊपरवाले यह मानकर चलते हैं कि अपराधियों की कमी नहीं, बढ़ोतरी ही हो रही है। क्यों, नहीं है ऐसा?' "

सो तय पाया गया कि अपराध विरोधी अभियान के तहत पुलिस की धर-पकड़ का कोटा बढ़ाने के लिए बलजोरा जेल चला जाएगा और

सातवें-आठवें दिन जमानत पर रिहा होकर घर आ जाएगा। पुलिस उसकी जमानत में सहयोग देगी, विरोध नहीं करेगी।

हम उसका मुँह ताक रहे थे। वह हमारी तरफ अचरज-भरी निगाह से देख रहा था। इतना भी पता नहीं आपको? क्यों पूछ रहे हैं कि पुलिस की धर-पकड़ के आँकड़े ज्यादातर फर्जी होते हैं, कोटा पूरा करने के लिए।

और फिर बलजोरा ठहाका मारकर हँसा, "तो क्या आप समझते हैं कि सचमुच के अपराधियों को पकड़ते हैं पुलिसवाले? वे तो दूध देनेवाली गाय हैं। हम जैसे लोग तो रक्षा-कवच का काम करते हैं उनके लिए। कोटा हम पूरा करते हैं, मौज वे उड़ाते हैं।"

बलजोरा ने बात के पेच कसे, "कल आप अखबार में छपा देखेंगे—अपराध विरोधी अभियान के अंतर्गत पुलिस ने पचास अभियुक्त अवैध शस्त्र, पैंतीस नाजायज शराब, चालीस आला नकब सहित तथा सत्तर गुंडागर्दी के आरोप में गिरफ्तार करके जेल भेज दिए। इनमें एक बलजोरा भी होगा। इस तरह ऊपरवाले भी खुश और नीचेवाले भी। अदालतों की गाड़ी को भी ग्रीस लगेगा। वकील लेगा, पेशकार लेगा, चपरासी लेगा और न जाने कौन-कौन लेगा। और ऐसा लगेगा—समाज की गाड़ी फिर से ठीकठाक चलने लगी है। भैया साहब, शरीफ लोगों के बल से नहीं चलती है शासन की नैया।"

"तो फिर कैसे-कैसे प्रोग्राम बना?" हमने पूछा।

"बस, आज तड़के हम थाने जाएँगे और पुलिस हमें आर्म्स एक्ट के तहत जेल के लिए रवाना कर देगी। शाम के अखबार में समाचार छपा होगा—'पुलिस ने निकटवर्ती ग्राम नटखटपुर के जंगल से बलजोरासिंह को एक अवैध तमंचे के साथ गिरफ्तार कर जेल भेज दिया। बलजोरासिंह शातिर बदमाश था। बताया जाता है कि पुलिस को कई मामलों में उसकी तलाश थी। बलजोरासिंह कई बार पहले भी जेल जा चुका है।'

"पुलिस की सक्रियता पर अफसर खुश होंगे और सचमुच के अपराधी संतुष्ट कि 'चलो जान बची लाखों पाए, सारे बुद्धू जेल को आए'।"

हमने पूछा, "बस, नाटक खत्म?"

"नहीं साहब, नाटक तो शुरू होगा। अदालत पुलिस की कहानी पर विश्वास ही नहीं करती। वह तो पुलिस से ज्यादा सच्चा मानती है गवाहों को। अपने को सच्चा सिद्ध करने के लिए पुलिस जो है, वह दो गवाह बनाएगी। गवाह बयान देंगे, जमानती जमानत कराएँगे और फिर—।"

"तो क्या गवाह भी बनाए जाते हैं?"

"अरे साहब, यहाँ हर चीज बनाई जा रही है। बदमाश भी बनाए जाते हैं और गवाह भी।"

"लेकिन जब पुलिस के गवाह अदालत में तुम्हारे खिलाफ गवाही देंगे तो तुम्हें सजा नहीं हो जाएगी?"

"नहीं जी, हरगिज नहीं। जिरह और शिनाख्त के समय अपना बयान बदल देंगे।"

पूर्वनिर्धारित कार्यक्रम के अनुसार आठ दिन बाद बलजोरा का भाई हमारे पास सुबह दस से पहले ही आ धमका। बोला, "साब, आज जमानत होनी है, बलजोरा की। कचैरी चलना है आपको।"

हम थोड़ा हिचकिचाए, कुछ लजाए तो बोला, "जमानती तो और भी कई हैं, पर आपके लिए कह गया था बलजोरा।"

हमें लगा कि जैसे पुलिस को बने-बनाए गवाह मिल जाते हैं, वैसे ही बने-बनाए जमानती भी मिल जाते हैं अभियुक्तों को। मुरदे को कफन और मुकदमे को गवाह तो मिल ही जाता है। सो हम कचहरी जाने के लिए तैयार हो ही गए।

बलजोरा का वकील हमें अपने पीछे आने का इशारा करते हुए एक अदालत की ओर बढ़ा। हम उसके पीछे-पीछे लपके।

वकील भीड़ को चीरता हुआ पेशकार की ओर लपका, "वह जमानत की फाइल, बलजोरासिंह पुत्र...।"

पेशकार ने चश्मे के भीतर से घूरकर वकील की ओर देखा और रजिस्टर में लिखने में व्यस्त हो गया। वकील ने अपने दाईं ओर खड़े बलजोरा के भाई का हाथ बढ़ाया। उसकी जेब से कुछ नोट निकले, मेज के नीचे से पेशकार की ओर बढ़े। अब तक बलजोरा की फाइल सामने आ गई थी।

पेशकार ने जल्दी-जल्दी कागजी कार्रवाई पूरी की। तब तक मुंसिफ

साहब हाजिर हो चुके थे।

मुंसिफ मजिस्ट्रेट ने चश्मा उतारकर तीखी दृष्टि से हमारी ओर देखा, "पाँच हजार का जमानत मुचलका।"

हमने हामी भरी, "ठीक है, सरकार।" फाइल पर हस्ताक्षर किए। शाम तक बलजोरासिंह हमारी बैठक में था।

अदालत में उपस्थित दरोगा ने अभियुक्त को जमानत पर न छोड़ने के लिए एक शब्द भी नहीं कहा। उसे अपनी निश्चित भाषा में 'शातिर बदमाश' नहीं बताया। जैसे इस नाटक के बारे में वह भी जानता था और अदालत भी।

तारीख-पर-तारीख पड़ती रहीं। बलजोरा पेशी पर जाता और आता रहा। सारा चक्र पूर्वनियोजित शैली में चलता रहा और साल-भर बीत गया। एक दिन बलजोरा ने कहा, "आज जिरह का दिन है, भाईजी। चलो, आपको गवाहों का तमाशा दिखा लाऊँ।" हम तो पहले से तैयार बैठे थे। फौरन चल पड़े।

आवाज लगी। बलजोरा झपटकर ऊपर पहुँचा। "हाजिर है, साब।"

कोर्ट इंस्पेक्टर ने पुलिस द्वारा अदालत में पेश की गई चार्जशीट की कॉपी निकाली। उधर पेशकार ने आर्म्स एक्ट धारा-२५ के अभियुक्त बलजोरा की फाइल मजिस्ट्रेट के सामने रखी। मजिस्ट्रेट ने ध्यानपूर्वक फाइल में नत्थी अभियोग-पत्र तथा पुलिस के सामने दिए गए गवाहों के बयान पर नजर डाली। कोर्ट इंस्पेक्टर ने अभियोगों को पुनः दोहराया—

"योर ऑनर! पुलिस ने बलजोरासिंह पुत्र जंबूरासिंह को रात्रि लगभग तीन बजे ग्राम नटखटपुर के जंगल से एक अवैध तमंचे और दो जीवित कारतूसों सहित रू-ब-रू दो गवाहान मिद्दा पुत्र मोखा व काले पुत्र भूरे, निवासी कल्याणपुर, गिरफ्तार किया। योर ऑनर! बलजोरासिंह एक शातिर बदमाश है। पहले भी कई बार जेल जा चुका है। इससे शहर की शांति-व्यवस्था को खतरा बना रहता है, इसलिए…"

मजिस्ट्रेट ने कोर्ट साहब की बात पूरी न सुनते हुए आदेश दिया कि गवाह पेश किए जाएँ। पुलिस ने गवाहों को लाकर पहले ही कोर्ट में बिठा रखा था।

इस बीच बलजोरा का वकील भी आ गया था।

कोर्ट साहब ने पहले गवाह से सवाल किया, "क्यों रे मिद्दा, पुलिस ने बलजोरा को अवैध तमंचे और दो जीवित कारतूसों सहित गिरफ्तार किया?"

"हाँ जी किया।" मिद्दा बोला।

"कहाँ से किया?"

"नटखटपुर के जंगल से किया, साब।"

"जो बयान तुमने पुलिस को दिए हैं, वे सही हैं?"

"हाँ जी, सही हैं।"

"अँगूठा निशान तुम्हारा ही है?"

"हाँ जी, मेरा है।"

"गिरफ्तारी किस समय हुई?"

"रात के लगभग तीन बजे, साब।"

कोर्ट इंस्पेक्टर ने मजिस्ट्रेट की ओर देखकर कहा, "योर ऑनर! सच्चा केस है। कहिए तो दूसरा गवाह पेश करूँ?"

दूसरा गवाह पेश हुआ। उसने भी वही सब दुहराया।

अब कहानी ने करवट ली। सफाई वकील ने गवाह नंबर एक मिद्दा पुत्र मोखा से जिरह आरंभ की—

"क्यों रे मिद्दा! तू और काले रात के तीन बजे नटखटपुर के जंगल में क्या करने गए थे?"

मिद्दा ने कहा, "हम नहीं गए।"

"फिर तुम्हें कैसे मालूम हुआ कि पुलिस ने बलजोरा को दो जीवित कारतूसों के साथ पकड़ा?"

"दीवानजी ने बताया था, साब!"

मुंसिफ ने गवाह नंबर एक से सीधा-सा सवाल पूछा, "पुलिस के सामने जो बयान तुमने दिए हैं, क्या वे झूठ हैं?"

मिद्दा जानता था कि झूठी गवाही देना जुर्म है। इसलिए तुरंत बोला, "नहीं, माई-बाप झूठे नहीं हैं। एकदम सच हैं, एकदम सच।"

कोर्ट इंस्पेक्टर ने टाँग अड़ाई, "यह कैसे हो सकता है? पुलिस के सामने दिए बयान भी सच हों और जो बयान तू अब दे रहा है, वह भी सच हों। कैसे हो सकता है यह?"

“दोनों सच हैं, सरकार।” मिद्दा निश्चिंत भाव से बोला।

“वह कैसे?” कोर्ट साहब ने पूछा।

“उस समय हमसे दीवानजी ने जो कुछ कहा, उसे सच-सच दोहरा दिया। एक बात नहीं बदली उसकी। वह बोले, ‘हमने बलजोरासिंह को अवैध तमंचे और दो कारतूसों के साथ पकड़ा, रात के तीन बजे।’ हमने कहा, ‘ठीक है, सरकार।’ दीवानजी ने कहा, ‘लिख लें?’ हमने कहा, ‘लिख लो, साब।’ दीवानजी ने लिखा-पढ़ी की। हमसे बोले, ‘अँगूठा लगाओ।’ हमने लगा दिया। इसमें कुछ झूठ नहीं है, सरकार।”

मजिस्ट्रेट ने मिद्दा की बात में थोड़ी दिलचस्पी ली। पूछा, “अब जो बयान तुम दे रहे हो, उसके बारे में कुछ कहना है तुम्हें?”

मिद्दा हिम्मत से बोला, “अब जो कुछ कह रहा हूँ, सरकार, वह भी सच-सच कह रहा हूँ। वकील साहब ने जो कुछ बोला, वही सच-सच कहा। कुछ अदला-बदली नहीं की है, सरकार, उसमें। हम वही बात ईमानदारी से कहते हैं, जो हमसे कहलवाई जाती है; झूठ नहीं बोलते, साब।”

हम मिद्दा की गवाही का चुपचाप आनंद लेते रहे। मजिस्ट्रेट ने एक पल सोचा और ऑर्डर-शीट पर कलम चला दी—

‘सबूत के अभाव में अभियुक्त को बाइज्जत रिहा किया जाता है।’

बलजोरा बरी हो गया। हम घर लौटे तो गवाह का बयान हमारे कानों में गूँज रहा था, ‘हम वही बात ईमानदारी से कहते हैं, जो हमसे कहलवाई जाती है।’

□

काले कोटवाले

❀ गोपाल चतुर्वेदी

यह मेरा दुर्भाग्य है कि मैं वकील बनते-बनते रह गया। आजादी के बाद की पीढ़ी को बनने-बनाने की अनंत संभावनाएँ उपलब्ध हैं। इसी से प्रेरित होकर हमने पिताजी से गुजारिश की कि हमें वकील बनने की अनुमति दे दें। उन्होंने हमें समझाया कि भारत परंपराओं का देश है। हमने परंपरा तोड़ने की धमकी दी। उन्होंने गुस्से से हमें ताका और संयत आवाज में बोले, "अपने परिवार के लोग पुश्त-दर-पुश्त बाबू बनते रहे हैं। पड़ोस के राधेश्यामजी के यहाँ खानदानी पेशा मुकदमेबाजी और वकालत का है। तिवारीजी के यहाँ ठेकेदारी और राजनीति का सह-अस्तित्व है। बेटे! परिस्थितियों की अनिवार्यता है कि तुम बाबू बनकर परिवार का नाम रोशन करो। मैं इस सिलसिले में बड़े साहब से बात कर लूँगा।"

यह उन दिनों की बात है जब देश तो स्वतंत्र हो गया था, पर पिता ऐसे बुजुर्गों से नई पौध आजाद नहीं हुई थी। हमारे परिवार पर बाबू-मानसिकता इस कदर हावी थी कि बालक या पुरुष होने का पर्याय बाबू कहलाता था। पिताजी को दादी बाबू कहती थीं और हमें छोटे बाबू! हमसे छोटे भाई 'बबुआ' थे। हमें यकीन है कि राधेश्यामजी अपने घर में वकील बाबू रहे होंगे और उनके पुत्र मझले और छोटे वकील बाबू। तकदीर भी अपने आड़े आ गई। हमने पहले ही प्रयास में एम.ए. पास कर लिया, वरना पढ़ाई के दायरे में हमारे प्रयाग विश्वविद्यालय में लखनऊ के तकल्लुफ का दस्तूर था। कुछ लोग मुस्तकिल विश्वविद्यालय में जमे रहते। दो-तीन

एम.ए., एकाध किसी विदेशी भाषा का डिप्लोमा, एक अदद लॉ करते-करते आठ-दस साल पलक झपकते निकल जाते। भाग्यशाली छात्रों के नेता बन चंद हड़तालें, यूनियन का फंड और मौके-बेमौके उगाहा हुआ चंदा निगल डकार भी न लेते। कुछ प्रतियोगिता परीक्षाओं में भाग्य आजमाते।

शिक्षा का तोता पालते-पालते एक ने वाकई तोता पाल लिया। वह प्रशिक्षित तोता प्रत्याशियों की सफलता की संभावनाएँ आँकता। 'हाँ' या 'ना' लिखे लिफाफे को चोंच में दबाकर आकाशीय निर्णय सुनाता। इस भविष्यवाणी की सत्यता के आँकड़े तो नहीं हैं, पर तोतेवाले की कामयाबी इस तथ्य से जाहिर है कि नजूमी तोते का बिल्ली का आहार बनने के बाद, पहले तो उन्होंने एक ज्योतिष-केंद्र खोला और जब से इक्कीसवीं सदी का बिगुल बजा है, कंप्यूटर से भविष्य बता रहें हैं। जिनकी कहीं दाल न गलती वह या तो ए.जी. ऑफिस में कोट टाँगकर कॉफी हाउस में दिन बिताते या काला कोट पहनकर कोर्ट जाने के बहाने।

अपने साथ ऐसा कुछ न हुआ। उधर रिजल्ट आया और इधर हम बाबूगिरी करने लगे। हमारे देखते-देखते कई काले कोटवाले कोठीवाले हो गए, हम बाबू-के-बाबू बने फाइल पीट रहे हैं। यों स्वतंत्रता के बाद भारत ने बेहद प्रगति की है। तोड़-फोड़ की बढ़ती प्रवृत्ति के साथ ही परंपराएँ तोड़ने की परिपाटी भी जड़ें जमा रही है। नेता जनसेवा की परंपरा तोड़ चुका है। हर आदमी अपनी जोड़-तोड़ में लगा है। परिवर्तन के युग में सिर्फ वकील है जो 'काले कोट', 'माई लॉर्ड', 'योर ऑनर' आदि से अब भी जुड़ा है।

वकील न बन पाने के कारण मेरे मन का 'हीनभाव' दिनोंदिन बढ़ता जा रहा है। वकीलों ने कमर कसकर आजादी की लड़ाई में हिस्सा लिया। देश को आजाद कराया। बाबुओं ने क्या किया! स्वतंत्र भारत में भी वकील अन्याय के विरुद्ध एक सतत जंग छेड़े हुए हैं। मेरे परिचित राधेश्यामजी से पूरा शहर डरता है। पता नहीं कब, किसके विरुद्ध, किस कारण 'नोटिस' भिजवा दें। उनके दोनों लड़के भी वकील हैं। एक तात्कालिक कानूनी शिकार को नोटिस भेजता है, दूसरा उसकी ओर से पैरवी करता है। राधेश्यामजी मुकदमा जीतें या हारें, घी घर की खिचड़ी में ही जाता है। पिछले कई सालों से हमारे मुल्क में शक का माहौल बनता जा रहा है।

कभी काले धन की बात होती है, कभी कमीशन, कभी स्विस बैंक की। सब एक-दूसरे पर शक करते हैं—जनता नेता पर, नेता आपस में, पत्नी पति पर। बस, एक वकील है जो फीस के बाद अपने मुवक्किल पर पूरी तरह यकीन करता है। इस सहज विश्वास के चरम उत्कर्ष की स्थिति वह है जब वकील दूरदर्शन बन जाता है; अर्थात् जो पैसे दे, उसी के प्रायोजित कार्यक्रम प्रसारित करने लगता है। राधेश्यामजी की कोठी के एक हिस्से में बड़े बेटे का 'चेंबर' है, दूसरी तरफ छोटे का। छोटा सरकारी वकील है और सरकार का विश्वास करता है, बड़ा गुनाहगार का। मैं एक बार बड़े के पास पड़ोसी के नाते मिलने गया तो वहाँ निम्नलिखित मनोरंजक वार्त्तालाप सुनाई पड़ा—

"साहब! बस, बिना बात पुलिस घुस आई। घर में किसी को डंडे मारे, किसी को चपत। आव देखा न ताव, और गनेशी को ले गई।" मूँछवाले ने कुरसी पर बैठे वकील साहब को वारदात की सूचना दी।

"क्या चार्ज है?" वकील साहब ने जानना चाहा।

"यही कत्ल-वत्ल का इल्जाम होगा।" मूँछ की झाड़ी से उत्तर आया।

"आपके भाई ने क्या वाकई खून किया था?" वकील साहब ने प्रश्न किया।

"वकील साहब! इतने कर चुका है कि अब यह वाला किया है कि नहीं, कहना मुश्किल है। वैसे हम लोग एक-दूसरे की निजी जिंदगी में दखल भी नहीं देते हैं। पर यूँ ही जेल में ठूँस देना तो बेहद नाइनसाफी है। हर तरह के चोर-उचक्के बाहर घूम रहे हैं और मेरा भाई अंदर सड़ रहा है।"

थोड़ी देर चुप्पी छाई रही। इस बीच मूँछवाले के 'जूनियर' ने एक मैला-कुचैला थैला वकील साहब की मेज पर रख दिया था।

कुरसी से स्वर उभरा, "ठीक है! पहले जमानत करवा देते हैं, फिर आगे देखेंगे।"

वकील साहब ने व्यक्तिगत स्वातंत्र्य की एक और मुहिम अपने हाथ में ले ली।

शायद वकीलों के ऐसे ही समदर्शी दृष्टिकोण से न्याय की रक्षा

संभव है। फिर भी शंका-समाधान के लिए मैंने बड़े वकील बाबू से पूछा, "इसे छुड़वा दिया तो क्या पता फिर कोई गैरकानूनी हरकत न कर डाले। आप क्यों मूँछवाले के भाई की जमानत करवा रहे हैं?"

"न हमने इसे खून करते देखा, न आपने! क्या पता इसने कभी मक्खी भी मारी है कि नहीं! क्या सबूत है? हमने तो अपनी फीस मेज पर रखी देखी है। यदि कोई गुनाह हमारी आँख के सामने होता तो हम कतई केस की पैरवी न करते। ऐसे भी हमें गुनाह से नफरत है, गुनाहगार से नहीं।" उन्होंने अपनी तकरीर से हमारी बोलती बंद कर दी।

वकीलों की प्रतिभा के तो हम बचपन से कायल थे। इस चर्चा के बाद उनकी नेकनीयती के भी मुरीद हो गए। अपनी पढ़ाई के दिनों में हमें पत्र लिखने का खासा शौक था। अब सबके अपने-अपने शौक होते हैं। कोई क्रिकेट खेलता है, कोई कबड्डी। कोई शराबी होता है, कोई भँगेड़ी। हम यूनिवर्सिटी की हर सुंदर लड़की को उसकी खूबसूरती की शान में कसीदे लिख भेजते। किसी मूर्ख कन्या ने हिंदी के प्रोफेसर से हमारे पत्र-लेखन की शिकायत कर दी। वह थोड़ी स्वस्थ और साँवली थी। हमें रंगभेद से सैद्धांतिक परहेज रहा है। लिहाजा हमने उसके सुंदर न होने के बावजूद उसके काली घटा-से व्यक्तित्व और मस्त हाथी जैसी चाल की भरपूर प्रशंसा की। संभव है, उसे हमारी भाषा और शैली आपत्तिजनक लगी हो। बहरहाल हम हिंदी के प्रोफेसर के कमरे में बुलाए गए। वहाँ कानूनी सलाह के लिए लॉ के प्राध्यापक भी उपस्थित थे।

"आप बहुत पत्र लिखते हैं।" हिंदीवाले 'सर' ने जिरह शुरू की।

"जी! मुझे पत्र मित्र बनाने का शौक है। चिट्‌ठी लिखने के अभ्यास से भाषा प्रांजल होती है। संसार के सभी नामी-गिरामी लोग एक-दूसरे को पत्र लिखते हैं। नेहरूजी ने जेल से अपनी बेटी को पत्रों के माध्यम से सारा इतिहास सिखा दिया। आपको मेरे शौक से कुछ एतराज है क्या?" मैंने पूरे आत्मविश्वास से अपना पक्ष पेश किया।

"लेकिन आप तो हमउम्र लड़कियों को पत्र लिखते हैं। और उनमें भी श्रृंगार-रस का बाहुल्य होता है। यदि आप अपनी बेटी को पत्र लिखते तो बात हम तक क्यों पहुँचती?" उन्होंने जिरह जारी रखी।

मैं कहने जा रहा था कि पत्र-लेखन का उद्‌देश्य अपनी होनेवाली

बेटी की माँ की तलाश है कि लॉ के प्रोफेसर ने बात रफा-दफा करवा दी।

"आप क्यों परेशान होते हैं, पंडितजी! यह इनका निजी मामला है। किसी ने 'ब्रीच ऑफ ट्रस्ट' की नोटिस भेज दी तो खुद ही बच्चू के होश ठिकाने आ जाएँगे।" उन्होंने कानूनी चेतावनी दी।

इस कानूनी पेंच से हमें विश्वास हो गया कि शौकिया शरारत भारी पड़ सकती है। संवैधानिक विवाद और उथल-पुथल के भय से हमने खूबसूरत खातूनों से अपनी खतो-किताबत खत्म कर दी। हमारी वकील होने की आकांक्षा इसी घटना के बाद जागी। यदि किसी के पास 'नोटिस' जैसा शक्तिशाली हथियार हो तो उसे तलवार-तमंचे की क्या दरकार! कानून और कलम का जोड़ 'करेला और नीम चढ़ा' जैसा है। वकील जब चाहें, अपनी फीस की दर बढ़ा लेते हैं। न उन्हें आयकर का खतरा व्यापता है, न काले धन का। यह सोचकर वकालत के पेशे के प्रति हमारा 'हीनभाव' हमपर विक्रम के वेताल-सा हावी हो जाता है। बाबू का रेट दाल में नमक बराबर भी नहीं होता। फिर भी मन डरा-डरा रहता है। इधर हक की 'डाली' भी लोग खैरात की तरह देते हैं। काम तो ऊपर के हुकुम से हो ही जाता है। वहीं राधेश्यामजी के यहाँ, मुवक्किलों की कृपा से, राशन से लेकर फल-मिठाई तक का ताँता लगा रहता है।

हम आज तक नहीं समझ पाए कि आर्थिक संपन्नता, सामाजिक शोहरत और प्रतिष्ठा तथा 'नोटिस' की सत्ता के रहते वकील मातमी काला कोट क्यों धारण करते हैं? क्या यह मुवक्किलों को पीड़ा में शरीक होने का उपक्रम है? या वह संसार को बताना चाहते हैं कि 'सूरदास की काली कामर चढ़े न दूजौ रंग', अर्थात् कोई कितनी भी बहस करे, तर्क दे, अपने फीसजन्य विश्वास की दुम टेढ़ी-की-टेढ़ी रहेगी। यह भी तो संभव है कि बाहरी परिधान आंतरिक विचारों का प्रतीक हो। हम कई दिन से इसी उधेड़बुन में लगे हैं। एक तरफ गोरे अफ्रीका में कालों को हेय दृष्टि से देखते हैं, दूसरी ओर अपने यहाँ के मान्य और प्रतिष्ठित पेशे की पोशाक काली रखते हैं। यों यदि हमारा देश काले कोट को 'यूनिफॉर्म' बनाने में पहल करता तो बात समझ में भी आती। हमारा भौगोलिक और आध्यात्मिक परिस्थितियों के कारण जीवन में धूल का बड़ा महत्त्व है। 'सब धूल में मिल जाएगा'

का अहसास बचपन में सुने भजनों से लेकर दर्शन की किताबों तक में इतना प्रबल है कि मैलखोर कपड़े पहनना भौतिक सफलता में मन लगाने के लिए आवश्यक है। सफेद कपड़ों पर पड़ी धूल कोठी-बंगले हथियाने की निरर्थकता की ओर तत्काल इंगित कर देगी। काले कोट की धूल नजर ही नहीं आएगी तो क्यों कोई भलामानुस नश्वरता की खाक में मिलने के फलसफे में उलझेगा। काले कोट के रहस्य को समझने के लिए हम किसी वकील की मदद लेने की सोच ही रहे थे कि दरवाजे की घंटी बज उठी। बाहर वरदीधारी खड़ा था। उसने एक रजिस्टर में हमारे हस्ताक्षर लिये और एवज में एक बंद लिफाफा हमें थमा दिया। हम कुछ सशंकित हुए।

"किसने भेजा है?" हमने दरियाफ्त की।

"राधेश्यामजी की कोठी के बड़े वकील बाबू के मुंशीजी ने।" उसने सूचना दी।

हमें लगा कि कहीं पत्र-लेखन के दिनों का 'ब्रीच ऑफ ट्रस्ट' का नोटिस तो नहीं आ गया! अच्छा-खासा डाकिया चिट्ठी लाता है। इस हरकारे के द्वारा पत्र प्रेषित करने की क्या जरूरत आ गई! ऐसी हरकतों से तो कमजोर दिलवालों को दौरा पड़ सकता है। हमने भरी हुई आवाज में पप्पू की माँ से पानी की फरमाइश की और कुरसी पर ढेर हो गए। पानी गटककर कुछ जान में जान आई। साहस बटोरकर लिफाफा खोला। एक टंकित कागज पर टाइप किया हुआ था।

'आपने दिनांक......को श्री हरेराम से व्यावसायिक परामर्श किया था। इसके एवज में कृपया एक सौ पचास रुपए तत्काल भेजने की व्यवस्था करें।'

मैंने कागज को उलट-पलटकर देखा, पर 'बिल' का कारण पल्ले नहीं पड़ा। मैंने कौन-सी कानूनी सलाह ले ली और कब! फिर यह 'बिल' क्यों? यकायक मुझे ध्यान आया कि एक बार मैं यों ही राधेश्यामजी की कोठी में बड़े वकील श्री हरेराम से मिलने चला गया था। वहाँ मैंने किसी खूनी की जमानत के बारे में बैठे-ठाले कुछ बकवास की थी। यह उसी का खामियाजा है। तब से मेरा निश्चित मत है कि वकीलों को सिर से लेकर पैर तक सिर्फ काला-ही-काला पहनना चाहिए।

❑

हमने मुकदमा झेला

❀ निश्तर खानकाही

खाकी वरदी धारण किए पुलिसकर्मी जब हमारे द्वार पर आ ही खड़ा हुआ तो हम बहुत सटपटाए, बहुत सोचा, परंतु याद नहीं आया कि हमने जीवन में कब कोई ऐसा जीवट का काम किया था, जो किसी पुलिसवाले को हमें पुरस्कृत करने के लिए हमारे द्वार तक आना पड़ा। बहरहाल हम डंडा फटकारने की आवाज सुनकर डरते-सहमते ज्यों ही दरवाजे तक गए, हमें बताया गया कि हमारा वारंट है। सुनते ही घिग्घी बँध गई। धक्-धक् करते हृदय के साथ खोजबीन की तो ज्ञात हुआ कि जालसाजी करने के अपराध में हमारे विरुद्ध एक मुकदमा स्थानीय मुंसिफ मजिस्ट्रेट के न्यायालय में दायर हुआ है। और इसी के संबंध में अदालत में उपस्थित रहने को बाध्य करने के लिए हमारा वारंट जारी हुआ है। हम धारा ४२० के अपराधी हैं। अब तक तो हम ४२० के अंकों पर गणित विषय की इजारेदारी समझते आए थे; किंतु अब ज्ञात हुआ कि अंकों का जितना संबंध अपराध-जगत् से है, उतना तो गणित के विषय से भी नहीं है। गणित की पुस्तकों में अंकों का चरित्र वह नहीं होता जो भारतीय दंड संहिता की पुस्तकों में दिखाई देता है।

अंकों की उधेड़बुन से अपने को बाहर निकालते हुए हमने पुलिसकर्मी की ओर देखा। वह बगल में डंडा दबाए हमारे द्वार पर खड़ा मूँछों को ताव दे रहा था। ताव हमने भी दिया। पर मूँछों को नहीं, अपनी मूर्खता को कि बिना कुछ किए-धरे ही वारंट कटवा बैठे। इससे पहले कि हम कुछ कहते,

पुलिसवाला हमें कचहरी की ओर ले चला। हमने अपनी सामर्थ्य के अनुसार दस का पत्ता भी उसकी जेब में ठूँसना चाहा, पर कहाँ जी, उसने तो हमें तब तक नहीं छोड़ा जब तक न्यायालय की ऊँची कुरसी पर बैठे मुंसिफ मजिस्ट्रेट ने पाँच हजार की जमानत और इतने ही रुपए के व्यक्तिगत मुचलके पर हमें छोड़ न दिया।

हमें जीवन में पहली बार पता चला कि न्यायालय की नैया अधिवक्ताओं के चप्पुओं का सहारा लिये बिना चल ही नहीं सकती। सो हमने भी अपने एक पुराने मित्र को अधिवक्ता के तौर पर नियुक्त किया, और बीस का पत्ता यह सोचकर उसकी जेब में ठूँसना चाहा कि वह थोड़े लिखे को बहुत जानेगा और तिल को ताड़ समझने की भलमनसाहत दिखाएगा; परंतु इससे पहले कि वह कुछ आपत्ति करता, मुंशी ने फटाफट एक परचा लिखकर हमारे हाथ में दे दिया।

मेहनताना, तलबनामा, वकालतनामा, दस्तूरी, टिकट, तहरीर और न जाने क्या-क्या। कुल जोड़ दो सौ बीस रुपए का परचा देखकर हमारे हाथ-पाँव फूल गए। अब तक तो हमारा वास्ता पड़ोस के लाला धनीराम परचूनिए से ही पड़ता आया था, जो हर मास की पहली तारीख को हमारे हाथ में एक लंबा-सा परचा थमा देता था, जिसमें लिखा होता, उड़द की दाल, मूँग की दाल, सरसों का तेल, नमक, हलदी-मिर्च, धनिया, जीरा, साबुन, चाय आदि कुल जोड़कर दो सौ रुपए पच्चीस पैसे। मुंशी का परचा देखकर पहली बार हमें अनुमान हुआ कि हलदी-मिर्च के अतिरिक्त भी कुछ ऐसी चीजें हैं, जो आवश्यक वस्तुओं की सूची में शामिल हैं; किंतु हम अब तक इनसे परिचित नहीं थे। हमें अपनी अज्ञानता पर उस दिन सचमुच ही दया आई।

हमारे मित्र अधिवक्ता महोदय ने फाइल देखकर हमें बताया कि हम कविवर साधुरामजी के ऋणी हैं और यह ऋण हमने साधुरामजी को खुला धोखा देकर प्राप्त किया था, जो अब तक वापस नहीं किया है और निरंतर झूठ बोलकर उनके साथ दगाबाजी करते रहे हैं।

दिमाग पर बहुत जोर डाला, भूली-बिसरी स्मृतियों के सारे टाँके उधेड़ डाले; पर कुछ याद न आया। साधुरामजी से तो हमारे घनिष्ठ संबंध रहे थे। उन्हें धोखा देकर पैसा ऐंठने का सवाल ही पैदा नहीं होता। पर अधिवक्ता

महोदय हमारी बात सुनने को तैयार ही नहीं थे। उनका तर्क था कि तुम्हारे द्वारा लिखी गई एक तहरीर अर्जी-दावे के साथ नत्थी है, जिसमें तुमने स्वयं स्वीकार किया है कि धोखा देकर यह ऋण प्राप्त किया गया था।

पत्र में लिखा है—'साधुरामजी! आपने मेरी अनुपस्थिति में बालक-बच्चों के साथ जो सहयोग किया, मैं उसके लिए आभारी हूँ। सचमुच ही मैं आपका ऋणी हूँ।'

यह दो पंक्तियों की संक्षिप्त-सी चिट्ठी हमने कब साधुरामजी को लिखी थी, याद करने में अधिक देर नहीं लगी। विश्वास नहीं हुआ कि हमारी एक औपचारिक-सी तहरीर एक दिन हमें धोखाधड़ी के अभियोग में फँसाने का साधन बनेगी।

साधुरामजी को पहली बार जब हमने देखा था तो ऐसा लगा था जैसे सचमुच ही प्राचीनकाल का कोई संत पुनरुज्जीवित होकर आकाश से धरती पर उतर आया हो। लंबी-सफेद दाढ़ी के साथ कमंडल और गले में पड़ी हुई माला। हमने देखा तो बस, देखते ही रह गए। सोचा, साधुरामजी की सेवा में सारा जीवन अर्पित कर दें। बचपन से सुनते आए थे कि सेवा करने से मेवा मिलती है; और मेवा जब से महँगी हुई है, वह हम जैसे उपभोक्ताओं की पहुँच से बाहर है। फिर ऐसा काम क्यों न किया जाए जिसमें हलदी लगे न फिटकरी, और रंग चोखा आए! मेवा मिलने के लालच से हमने सेवा की, और खूब डटकर की; पर मेवे की जगह मुकदमा मिला और अब हम इस लोक से निराश होकर परलोक की ओर नजर जमाए बैठे हैं कि सेवा की है तो मेवा अवश्य मिलेगी। यहाँ नहीं तो वहाँ सही—लेकिन यह सोचकर भी डर लगता है कि यदि वहाँ भी किसी साधुराम ने परमपिता परमेश्वर की सर्वोच्च अदालत में हमारे विरुद्ध धोखाधड़ी का कोई अभियोग ठोक दिया तो क्या होगा!

साधुरामजी यहाँ नहीं, वहाँ भी अवश्य होंगे। लेकिन परलोक तो अभी दूर है। आइए, इसी लोक का भ्रमण करें। हाँ, तो साहब हमारे विरुद्ध दायर किए धोखाधड़ी के मुकदमे में जब पहली तारीख पड़ी तो हमने पाया कि जिस दुनिया में हम जीते हैं, उसी में एक और दुनिया भी आबाद है। एक ऐसी दुनिया, जिससे अब तक हम परिचित नहीं थे। घर से तो यह सोचकर चले थे कि अदालत को बताएँगे कि हमने साधुरामजी के साथ कोई हेरा-

फेरी नहीं की है, हमने धोखा देकर कोई ऋण साधुरामजी से नहीं लिया है। केवल शिष्टाचार के नाते यह पंक्तियाँ लिखी थीं और अब हम स्वयं अपने हाथों से अपने कान पकड़कर यह वचन लेते हैं कि भविष्य में कभी किसी के आभारी नहीं होंगे, क्योंकि आभार व्यक्त करने का अर्थ धोखा देना नहीं, धोखा खाना है। हमें सेवा के बदले मेवा नहीं मिली, धोखा मिला है। किंतु जैसे ही हम अदालत के कमरे में दाखिल हुए, अधिवक्ता महोदय ने हमें बताया कि आज की तारीख में लगभग पचहत्तर मुकदमे सूची पर लगे हैं। अभियुक्तों की भीड़ में तुम भी कहीं टिक जाओ। आवाज लगने पर हाजिर हो जाना और पाँच का पत्ता देकर अगली तारीख ले लेना।

आवाज लगनी आरंभ हुई—

"कोई अमुक बनाम अमुक हाजिर हो।" हर अमुक पर हमें अपने नाम का संदेह होता, परंतु अमुक-ही-अमुक आते गए। हमारा नंबर नहीं आना था, न आया। घड़ी में जब तीन बज गए तो हम चौंके। पूछताछ करने पर ज्ञात हुआ कि न्यायालय की दुनिया एक ऐसी दुनिया है, जहाँ पत्ता दिए बगैर पत्ता नहीं हिलता! दस का पत्ता फाइल के साथ सरका देनेवाले कब के छुटकारा पा चुके थे और अपने-अपने घरों को लौट चुके थे। भीड़ छँट गई तो हमने न्यायालय-कक्ष में जाने का साहस किया। नाक की नोक पर ऐनक के शीशे टिकाए वहाँ जो साहब बैठे थे उन्होंने तीखी दृष्टि से घूरकर हमारी ओर देखा। हम विनम्रतापूर्वक बोले—"हम अमुक हैं जी···आवाज नहीं लगी, पर हम हाजिर हैं।"

"तुम हाजिर नहीं हो, हम हाजिर हैं।" देर तक यह वाद-विवाद होता रहा, पर वादी-प्रतिवादी के रहस्य को समझनेवाले महाशय हमें हाजिर मानने के लिए तैयार नहीं हुए। बचपन में तो कई बार हम अपने स्कूल से गैरहाजिर रहे थे, पर हाजिर होकर भी गैरहाजिर रहने का अनुभव हमें यहाँ पहली बार हुआ।

भागे-भागे अधिवक्ता के पास पहुँचे, पर वह तो अपना बिस्तर-बोरिया लपेटकर कब के जा चुके थे। कोई उपाय नहीं सूझा तो हम भी अपने 'हाजिर' होने को गैरहाजिर मानकर न्यायालय से वापस चले आए।

दसवें दिन क्या देखते हैं कि पुलिस का सिपाही फिर हमारे दरवाजे पर अपना डंडा खड़खड़ा रहा है। सटपटाकर बाहर निकले तो यह जानकर

हमारी जान ही तो निकल गई कि अदालत से गैरहाजिर रहने पर पुनः हमारा वारंट जारी हो गया।

हमने पुलिसवाले से विनती की, बार-बार कहा कि भाई, यह वारंट हमारा नहीं, किसी और सज्जन का होगा, क्योंकि हम हाजिर थे; पर मोटे शीशों का ऐनक लगाए साहब के पेशकार ने न्यायालय में हमारा हाजिर होना स्वीकार नहीं किया। परंतु पुलिसकर्मी के हाथ में कुछ नहीं था। उसे तो आदेश का पालन करना था। हम फिर बंदी बनाकर ले जाए गए न्यायालय में और एक बार फिर रिहा किए गए पाँच हजार की जमानत और इतने ही रुपयों के निजी मुचलकों पर।

उलझन थी कि शिष्टाचार के नाते लिखी गई एक पंक्ति को धोखाधड़ी से लिया गया ऋण बतानेवाले साधुराम को अदालत में झूठा और स्वयं को हाजिर कैसे साबित करें। क्योंकि पत्तों का खेल तो हम अब तक ताश की बाजी में खेलते आए थे, वास्तविक मुद्राई पत्ते न तो हमारे पास थे और न हम उनका खेल खेलना ही जानते थे।

हमने बहुत सोच-विचार के बाद साधुरामजी को फिर एक चिट्ठी लिखी, जिसमें बताया गया कि ऋणवाला पत्र तो हमने केवल शिष्टाचार के नाते लिखा था और उस समय लिखा था जब हमारी अनुपस्थिति में आप एक भलेमानस की भाँति हमारे घर-बार की खैर-खबर लेते रहे थे। आपने उस चिट्ठी का अनुचित लाभ उठाना चाहा और हमसे आप एक ऐसा ऋण वसूल करने का प्रयास कर रहे हैं, जो हमने आपसे कभी लिया ही नहीं।

इस चिट्ठी का उत्तर तो हमें क्या मिलना था, साधुरामजी अब तीसरी बार अदालत से गैरहाजिर होने का चक्कर चलाकर हमारे विरुद्ध वारंट जारी कराने का षड्यंत्र कर रहे हैं। पिछले तीन वर्षों में, भगवान् झूठ न बुलाए तो, तीन सौ तारीखें पड़ चुकी हैं और हमें इस वास्तविकता का पता चल गया है कि कविवर साधुराम, उनकी लंबी-सफेद दाढ़ी, कमंडल और माला कचहरियों के वातावरण में घुल-मिलकर एक ऐसी दुनिया का निर्माण करने में लगे हैं, जहाँ हाजिर को गैरहाजिर और आभार को ऋण साबित किया जा सके।

□

एक अभियुक्त, विचाराधीन

❀ निश्तर खानकाही

सिकंदर खाँ पिछले पंद्रह वर्ष से घर पर हैं, लेकिन उन्हें लगता यही है कि वह घर पर न हों, जेल में हों। अब भी हर रोज रात में उनके कान बज उठते हैं। उन्हें लगता है जैसे वह गिनती परेड में हों और सिपाही एक-एक बैरक की गिनती करके विधिवत् आवाज लगा रहा हो···

बैरक नंबर पच्चीस, चालीस कैदी, एक लालटेन, ताला-कुंजी सब्ब ठीक।

सिकंदर खाँ मन-ही-मन में इस आवाज की चिंघाड़ सुनते और यह सोचकर आप-ही-आप उनके होंठों पर एक बेजान-सी मुसकान खेल जाती कि जेल में जब गिनती परेड का फैशन शुरू हुआ होगा, तब तक शायद यहाँ बिजली नहीं आई होगी। वह लालटेन युग होगा, पहले सिपाही हाथ में लालटेन लिये कैदियों की गिनती करता होगा।

नंबर एक रामअवतार, नंबर दो कृपाराम, नंबर तीन बंदे हसन, नंबर चार सिकंदर खाँ, नंबर पाँच, नंबर छः, नंबर सात और फिर अपनी पूरी शक्ति से गला फाड़कर चिल्लाता होगा—

"बैरक नंबर चौबीस, सत्ताईस कैदी, एक लालटेन, ताला-कुंजी सब्ब ठीक।"

लेकिन अब जेल के जीवन से लालटेन ऐसे गायब हो गई है जैसे कभी गधे के सिर से सींग गायब हो गए थे, परंतु पहले का सिपाही इस

रटे-रटाए वाक्य से श्रीमती लालटेनजी को निरस्त करने या उसे तलाक देने को तैयार नहीं। गिनती परेड हो रही है, बिजली गायब है, पहरे का सिपाही हाथ में टॉर्च लिये एक कैदी के चेहरे पर टॉर्च डालता हुआ गिनती कर रहा है, किंतु आवाज लगाते हुए नाम लालटेन का लेगा, टॉर्च का नहीं।

''एक लालटेन, ताला-कुंजी सब्ब ठीक।''

सिकंदर खाँ को लगता है, ऐसी बहुत-सी चीजें हैं जो आदमी का पीछा मुश्किल ही से छोड़ती हैं जैसे लालटेन ने वर्षों गुजर जाने के बाद भी सिपाही का पीछा नहीं छोड़ा; जैसे कोशिश के बावजूद अपराधीकरण राजनीति का पीछा नहीं छोड़ रहा है, या जैसे जमानत पर रिहा होने के बावजूद जेल का जीवन और वातावरण स्वयं उनका यानी सिकंदर खाँ, पुत्र आलमगीर खाँ, निवासी ग्राम गुसाईंनगर का पीछा नहीं छोड़ रहे हैं। सिकंदर खाँ पिछले पंद्रह साल से जमानत पर हैं, हाई कोर्ट में उनका केस पेंडिंग है····हमारे देश भारत महान् में अधिकतर मामले पेंडिंग में पड़े रहना उनकी प्रमुख तथा एकमात्र विशेषता मानी जाती है। जैसे बनिया वसूल न हो पा रही रकमों को चाहे-अनचाहे बट्टेखाते में डाल देता है, ठीक इसी प्रकार हम भी अपने बहुत से केस कभी चाहे, कभी अनचाहे, कभी जानबूझकर, कभी अनजाने पेंडिंग में डालते रहते हैं; मामलों को पेंडिंग डालना हमारी मजबूरी भी है और राजनीति भी है। भला बताइए तो सही, जब मामले हर्षद मेहताओं के उच्च स्तरवाले हों, उन्हें गले में तो डाला ही नहीं जा सकता, पेंडिंग ही डाला जा सकता है। सिकंदर खाँ को तो यह पक्का विश्वास है कि भारत की कार्यपालिका और न्यायपालिका केस, मामलों और समस्याओं को पेंडिंग डालना छोड़ दे तो देश में इतना बड़ा भूचाल आ जाएगा, जिससे महल-दोमहले ही नहीं, बड़े-बड़े दिग्गजों के कलेजे तक हिल जाएँगे····बड़े-बड़ों के कलेजे न हिलें, इसलिए हम बड़े-से-बड़े और छोटे-से-छोटे मामलों को पेंडिंग डालते रहते हैं। सिकंदर खाँ का कहना है कि कार्यपालिका और न्यायपालिका ही नहीं, हमारे यहाँ की छोटी-से-छोटी नगरपालिका तक पेंडिंग की बत्तीस मसालोंवाले चूरन का आनंद लेना नहीं छोड़ती।

आप किसी कार्यालय, न्यायालय में चले जाएँ, ज्ञात होगा कि

अमुक पुत्र अमुक का मुकदमा पिछले पच्चीस वर्षों से पेंडिंग है, या अमुक पुत्र अमुक का मामला पिछले तीस वर्ष से विचाराधीन है। विचाराधीन होना हमारी आदत ही नहीं, नियति भी है। हम भारत के लोग अत्यंत विचाराधीन मानस हैं। नरक में रहते हैं, किंतु स्वर्ग का विचार करके मस्त-मगन रहते हैं। हम विचारों की दुनिया में रहनेवाले लोग तो हैं, पर विचार, जो हमारी झोली में होते हैं, हमारे अपने नहीं हुए होते, आयातित होते हैं। क्योंकि हम निर्यात से अधिक आयात के प्रेमी हैं, इसलिए हम एक आम आदमी की हैसियत से किसी और चीज का आयात कर पाएँ या न कर पाएँ, विचारों का आयात अवश्य करते हैं; और अपने आयातित विचारों पर गर्व करते हुए सभी महत्त्वपूर्ण एवं महत्त्वहीन मामलों को विचाराधीन बनाए चले जाते हैं। वैसे सिकंदर खाँ की राय में विचाराधीनता के समस्त अधिकार इन दिनों न्यायालयों व मंत्रालयों के नाम से सुरक्षित हो गए हैं। न्यायालयों, मंत्रालयों में यदि आप जाएँ तो यह देखकर आप अवश्य ही खुश होंगे कि वहाँ जितने भी विचार हैं, सब विचाराधीन हैं। आपको यह भी लगेगा मानो विचाराधीनता ही आधुनिक भारत में सफलता की कुंजी है…।

भाई सिकंदर खाँ बताते हैं कि वह पिछले पैंतीस साल से विचाराधीन चले आ रहे हैं। अब उनकी आयु पचहत्तर वर्ष की है। जब वह चालीस साल के हट्‍टे-कट्‍टे मुस्टंडे थे, तब एक मुकदमे में फँसकर विचाराधीन हुए थे। बीस साल जिले की निचली अदालत में विचाराधीन रहे और अब पंद्रह वर्ष से प्रांत की बड़ी अदालत यानी हाई कोर्ट में विचाराधीन हैं; और हो सकता है कि अपनी मृत्यु के बाद देश की सर्वोच्च अदालत यानी सुप्रीम कोर्ट में विचाराधीन हो जाएँ। कभी-कभी सिकंदर खाँ यह सोचकर खुश होते हैं कि अगर वह मरने के बाद भी अदालत में विचाराधीन रहे तो वह कैसी रोचक स्थिति होगी। कई बार वे अखबारों में पढ़ते आए हैं कि अदालत ने एक पचास वर्षीय अपराधी को पाँच भिन्न-भिन्न अपराधों में एक सौ एक वर्ष के कठोर कारावास की सजा सुनाई। सिकंदर खाँ इस बात पर आश्चर्य करते आए हैं कि पचास वर्ष का व्यक्ति एक सौ एक वर्ष का कारावास कैसे झेलेगा? क्या वह एक सौ पचास वर्ष तक जीवित रहेगा अथवा मृत्यु के बाद भी सजा काटता

रहेगा। सिकंदर खाँ की खोपड़ी कोशिश के बाद भी यह रहस्य नहीं समझ पाई और वह इस विचार को भी इसी तरह विचाराधीन छोड़कर कुछ और सोचने लगते हैं, जिस तरह उनका अपना मामला हाई कोर्ट में पंद्रह साल से विचाराधीन है…।

सिकंदर खाँ के साथ जो घटना घटी वह भी कम रोचक नहीं थी। गाँव की राजनीति ने उन्हें धारा ३०७ यानी हत्या के एक मामले में योजनाबद्ध ढंग से फँसा दिया था। सिकंदर खाँ बताते हैं—

पचासी वर्ष के एक बूढ़े व्यक्ति को, जो कई वर्षों बीमार था और खाट से लग गया था, उसके परिवारजनों ने विष देकर मारा और रंजिश के आधार पर उनके विरुद्ध हत्या का आरोप लगाकर रिपोर्ट दर्ज कराई। सिकंदर खाँ की उस परिवार से पुरानी रंजिश चल रही थी। पुलिस ने निहित स्वार्थों के चलते उस पक्ष को सहयोग दिया। नामजद रिपोर्ट दर्ज हुई। पुलिस ने धारा ३०२ के तहत चालान कर उन्हें जेल भेज दिया। बुड्ढे की पोस्टमार्टम रिपोर्ट में उसे विष देना सिद्ध हुआ, मौके के गवाह हमारे खिलाफ गए। यह मुकदमा बीस साल तक निचली अदालत में चला। हमारी जमानत की अर्जी निचली अदालत से खारिज हुई। पैरोकार बड़ी अदालत में जमानत की अर्जी लेकर गए। इस बीच विचाराधीन कैदी की हैसियत से हम जेल के मेहमान बने रहे…।

भाई सिकंदर खाँ बताते हैं कि बीस वर्ष की अवधि में वह कितनी बार कोर्ट में पेश किए गए। पेशी पर पेशियाँ पड़ती गईं, सौ–दो सौ, पाँच सौ, हजार—पता नहीं कितनी। कभी अदालत नहीं बैठी तो कभी वकीलों ने हड़ताल बोल दी। कभी जज साहब के परदादा का देहांत हो गया तो कभी दरोगाजी ने गवाह उपस्थित न होने के कारण कोर्ट से अगली तारीख ले ली। बंदी को विचाराधीन बनाए रखने के पक्ष में यहाँ एक नहीं, सैकड़ों बहाने हैं, भाईजी। सिकंदर खाँ अपनी रोचक शैली में अपनी विपदा बताते हुए कहते हैं।

साल–पर–साल बीतते गए, एक–एक करके गिनती परेड होती रही…कभी बैरक में कैदियों की तादाद घट जाती, कभी बढ़ जाती; कुछ लोग जमानत पर चले जाते तो कुछ नए लोग आ जाते। लेकिन कैदियों के होते के ज्यादातर विचाराधीन ही…जो लोग स्वभाग्यवश विचाराधीनता

के क्रम से निकल जाते थे, उन्हें इस छोटी जेल से बड़ी जेल में स्थानांतरित कर दिया जाता था, ताकि अगर वह अदालत की 'विचाराधीनता' से मुक्त हुए हैं तो अब स्वयं अपनी विचाराधीनता का आनंद लें और शेष जीवन जेल में सोचते-सोचते काट दें। सोचना और विचाराधीन रहना ही तो हम भारतीयों का जीवन है। हमारे यहाँ तो प्रत्येक बच्चा पैदा होते ही अपने अभागे पिताश्री के विचाराधीन आ जाता है। बीस-पच्चीस वर्ष तक पहुँचते-पहुँचते वह निरंतर विचाराधीन बना रहता है। पढ़ने-लिखने से छुट्टी पाता है तो रोजगार के लिए कभी इस कार्यालय के विचाराधीन और कभी उस कार्यालय के विचाराधीन बना रहता है। यहाँ तक कि अपने अंत को पहुँचकर विश्राम ग्रहण कर लेता है। हमारे यहाँ जीवन की सीमा है, पर विचाराधीनता की कोई सीमा नहीं है।

हाँ, तो सिकंदर खाँ बताते हैं कि निचली अदालत में वह बीस वर्ष तक विचाराधीन बने रहे। हर पेशी पर बाँध-जोड़कर अदालत में लाए जाते। कभी कुछ कार्रवाई होती और कभी नहीं होती। अदालत का समय समाप्त होने पर उन्हें फिर विचाराधीन छोड़कर जेल की काल कोठरी में ठूँस दिया जाता। एक-एक दिन गिनकर बीस लंबे साल गुजरे तो वह वक्त आया, जब उनके भाग्य का फैसला सुनाया जाना था; यानी उन्हें विचाराधीनता से मुक्ति मिलने वाली थी।

हथकड़ी से बँधे वह अदालत में खड़े थे। काला गाउन धारण किए जज साहब पीछे के अपने चेंबर से निकलकर अदालत की कुरसी पर बैठे। पेशकार ने हमारे मुकदमे की फाइल न्यायाधीश महोदय के सामने सरकाई। न्यायाधीश महोदय ने फाइल से ऑर्डर निकाला और अदालत का निष्कर्ष पढ़कर सुनाया।

सिकंदर खाँ को आजीवन कारावास की सजा दी गई थी। सिकंदर खाँ बताते हैं, जज ने जब निर्णय सुनाया तो उनके दाईं ओर पुलिस दरोगा, राज्य सरकार का वकील, मुद्दई और सबूत के गवाह खड़े थे और बाईं ओर उनके कुछ पारिवारिक लोग। फैसला सुनकर उस पक्ष के लोगों को अपनी विजय का उत्साह था तो इस पक्ष में बिन मौत मारे जाने का दु:ख। लेकिन सिकंदर खाँ शांत थे। वह बताते हैं कि···

न्यायाधीश महोदय अपना निर्णय सुनाने के तुरंत बाद अदालत से

उठ गए और लगभग झपटते हुए पुनः अपने चेंबर में जा घुसे। सिकंदर खाँ समझ ही नहीं सके कि वह किसी खतरे के कारण कुरसी छोड़ रहे हैं या पश्चात्ताप के कारण या फिर परिपाटी ही अदालत की ऐसी है। पर सिकंदर खाँ को क्षण-भर को यह संतोष तो हुआ कि न्यायाधीश महोदय कुछ ही देर के लिए सही, कुरसी छोड़कर चले गए। वरना अदालत के बाहर जो दुनिया है ना वह तो किसी कुरसीधारी से पल-दो पल के लिए कुरसी छोड़ देने की आशा नहीं कर सकती। इस संतोष के साथ ही एक और असंतोष भी उस समय सिकंदर खाँ के मन में था। वह जज से पूछना चाहते थे, पर जज तो कुरसी छोड़कर जा चुके थे। जब कोई बात पूछने की नौबत आती है तो कुरसीधारी अचानक लुप्त क्यों हो जाते हैं, सिकंदर खाँ ने सोचा और अदालत में खड़े दरोगा से पूछना पड़ा। बोला—"क्यों दरोगाजी! मृतक गोपाला जहर खाकर नहीं मरता तो कितने दिन और जी सकता था? यह तो आप जानते ही होंगे कि वह मृत्युशय्या पर था और अपनी आयु के पचासी वर्ष पूरे कर चुका था। बोलिए, बताइए, वह कितने दिन और जी सकता था?"

दरोगा उस समय शायद कुछ नॉर्मल स्थिति में था। बोला, "अरे काहे को ज्यादा जी पाता ससुरा, मर जाता दो-चार महीने के बाद!"

"तब गोपाला के चार महीने के जीवन के बदले मेरा बीस साल का जीवन क्यों लिया जा रहा है, सरकार!" सिकंदर खाँ जोर से दहाड़ा, पर दरोगा आराम से अपना डंडा घुमाता रहा।

"हम कुछ नहीं जानते हैं, सिकंदर, अदालत ही जानती है।" दरोगा ने छोटा-सा उत्तर दिया और सिपाही हथकड़ी से बँधे सिकंदर खाँ को वापस जेल के बैरक में डालने के लिए ले चले।

सिकंदर खाँ बताते हैं कि अब वह विचाराधीन कैदी नहीं रहे थे, पर उनका परिवार नहीं चाहता था कि वह विचाराधीनता से मुक्ति पाएँ; सो पाँच-सात दिन के भीतर ही जरूरी कागजात जुटाकर कुछ लोग बड़ी अदालत गए और उनकी जमानत मंजूर करा लाए।

उन्हें जमानत पर जेल से रिहा कर दिया गया। अब पिछले पंद्रह वर्ष से वह प्रदेश की बड़ी अदालत के विचाराधीन हैं। विचाराधीन रहना ही शायद उनके भाग्य में लिखा है। सिकंदर खाँ कहते हैं कि जमानत पर

रिहा होना, कोई रिहा होना थोड़े होता है। हर समय खटका लगा रहता है कि अदालत का आदेश अभियुक्त के विरुद्ध जा सकता है। जब भी रात होती है, उन्हें लगता है कि वह जेल की बैरक नं. पच्चीस में गिनती परेड कर रहे हैं।

सिकंदर खाँ कहते हैं कि उन्हें यह आवाज उस वक्त तक आती रहेगी जब तक वह विचाराधीन हैं। और विचाराधीन वह तब तक हैं जब तक नथुनों में साँस बाकी है।

□

देर भी है और अंधेर भी है

❁ पूरन सरमा

भारतीय न्याय व्यवस्था की जितनी तारीफ की जाए उतनी कम है। इसमें होता यह है कि आप बड़े-से-बड़ा अपराध कर दीजिए—सारी धाराएँ लागू होंगी, मामला लोअर कोर्ट से सुप्रीम कोर्ट तक जाएगा; परंतु आपका बाल भी बाँका नहीं होगा। आराम से सामान्यजन की तरह जीवनयापन करते रहिए। अपील-पर-अपील करते जाइए, उम्र निकल जाएगी। उम्र के आखिरी पड़ाव पर यदि फाँसी हो भी जाए तो वह ठीक भी लगती है—क्योंकि आदमी तब तक जीवन से वैसे उकता चुका होता है। वकीलों का मायाजाल इतना मोहक है कि आप कैसा भी मामला ले जाइए, आपको निराश तो करेंगे ही नहीं; अपितु झूठ की ऐसी कहानी गढ़कर देंगे कि निर्दोष को फाँसी हो जाए और आप सुख-चैन की बंसी बजाते रहें। यह चलन हमारे यहाँ ही ज्यादा प्रचलित है। अपराधियों की रक्षा करना हमारी न्याय-व्यवस्था का मौलिक गुण है। निर्दोष को कानून ने बचाया तो क्या बचाया, बचाना तो वह माना जाए जिसमें अपराधी को आँच न आने दी जाए। हमारे कानून इस दिशा में सक्रियता से अपना काम कर रहे हैं।

देश में आतंकवाद के नाम पर सर्वत्र सैकड़ों लोगों को मौत के घाट उतारा जा रहा है, परंतु कानून के हाथ लंबे होने के बाद भी वे हत्यारों को नहीं पकड़ पाते। हत्यारे ने तो कच्ची गोलियाँ खेली नहीं हैं और यदि पकड़ा भी जाए तो हमारे यहाँ काले कोट पहने न्याय दिलानेवालों की कमी नहीं है। फट से आपकी जमानत हो जाएगी तथा मामला फाइलों में

लंबित पड़ा रहेगा। आप तो चाहते ही नहीं हैं कि फैसला हो, जिसको फैसला चाहिए वह सिर धुनकर दस साल बाद अपने बाल नोच लेता है। या तो वह आपसे समझौता कर लेगा अथवा रुचि लेना बंद करके बड़ी-से-बड़ी हानि झेलने को तैयार हो जाएगा। ऐसे हालात में बताइए यदि आपसे चाहे-अनचाहे अपराध हो भी गया है तो क्या हो गया? अपितु हमारे कानून हमको और नए अपराध करने की ओर प्रेरित करते हैं। हत्यारों तक की जमानत होने लगी है आजकल तो। यह कहना तो अनुचित होगा तथा अपराध भी माना जाएगा कि अब तो महामहिम न्यायाधीश भी भौतिक सुख-सुविधाओं से प्रभावित होते हैं; परंतु इतना अवश्य कहा जा सकता है कि वे भी यथासंभव प्रयास करते हैं कि अब जो हो गया, सो हो गया; परंतु किसी नए आदमी का परिवार बरबाद न हो, इसके लिए संवेदनशीलता के सहारे वे अपनी जरूरतों को पीड़ितों से पूरित कराते रहते हैं। 'एप्रोच' होना जरूरी माना गया है।

'एप्रोच' शब्द हमारे यहाँ कभी महत्त्वहीन नहीं हुआ है। उसने अपनी पूरी गरिमा बनाए रखी है। पहले तो अपराध करो, बाद में 'एप्रोच' तलाश लो। पुलिस में, न्यायपालिका में, सरकार में, राजनेताओं में या नौकरशाही में; कहीं तो कोई आपको संरक्षण देनेवाला मिल ही जाएगा। ये नहीं है तो आपके पास लाख-दो लाख (कृपया गरीब आदमी न्याय की आशा न करे, यह हमारी न्याय-व्यवस्था की विवशता है) रुपए तो होंगे। इनकी मार के आगे अच्छे-अच्छे सिद्धांतवादी दुम हिलाते पाए गए हैं। अर्थप्रधान युग में लोग अर्थ की ही खेती करते हैं। कृषिप्रधान व्यवस्था में जब लोग खेती करते हैं, अर्थप्रधानता का अर्थ, आर्थिक हितों के लिए नीचे-से-नीचे तक चले जाने को भी गलत नहीं माना जाता है। गलत निर्णय दिए जाने पर किसी दंड का प्रावधान तो है नहीं, इसलिए न्याय की कुरसी पर जो बैठा है, वह मुखारविंद से जो निकाल दे, वही न्याय है। मनमानी का न्याय यही होता है। वकील ऐसे-ऐसे उदाहरण तलाश-तलाश कर लाएँगे कि विद्वान् न्यायाधीश भी बगलें झाँकने लगे। जो वकील जितना चतुर-चालाक-तार्किक होगा, उसके ही न्यायपालिका में जाने के चांस भी बनते हैं। इसलिए जिस झूठ का सहारा वह वकील रूप में लेता रहा है, यह कैसे मान लें कि न्यायाधीश बनने के बाद नहीं लेगा!

अब जरा गवाहों की स्थिति पर भी विचार कर लेना प्रासंगिक होगा। न्याय पाने के लिए गवाह का होना जरूरी है। चाहे अपराध जंगल में, रात में, अकेले में—कहीं भी हुआ हो; लेकिन न्याय पाने के लिए गवाह का जुटाना जरूरी होता है। इसके लिए परेशान होने की जरूरत नहीं है। गवाह तो सर्वत्र मिलते हैं। न्यायाधीश भी गवाह को झूठा इसीलिए नहीं मानते, क्योंकि न्याय के निर्णय के लिए गवाह का होना तो अत्यावश्यक है। अब गवाह से पूछिए कि वह जंगल में क्यों गया था, रात में क्या कर रहा था अथवा अकेले में क्या कर रहा था, उसके सबके उत्तर वकील साहब ने उसे कंठस्थ करा दिए हैं। जहाँ तक गवाह प्राप्त करने की बात है, तो जनाब, गवाह भी व्यावसायिक हो गए हैं। कई एक गवाह तो रोज कोर्ट-कचहरी में मिल जाएँगे। वे आठ-आठ, दस-दस मामलों में गवाह हैं। आगे से आगे बुक होते रहते हैं। छोटे मामलों में गाँवों में गवाह चाय-पान-बीड़ी-नाश्ते में उपलब्ध हो जाते हैं, झूठ को सच का जामा पहनाने में वे इतने सिद्धहस्त हो गए हैं कि वकील भी अनेक बार मात खाते देखे गए हैं। न्याय व्यवस्था की खिल्ली उड़ाने में इतना जबरदस्त हाथ है कि देखनेवाले भी दंग रह जाते हैं। बड़े-बड़े राजनयिकों की हत्याएँ हुईं, वही प्रक्रिया अपनाई गई। कुछ छूट गए, कुछ दंडित हो गए। दंडित भी इतने विलंब से हुए कि वर्षों तक जीवन का आनंद लेते रहे। यह सब देन उन गवाहों की रही जो मामलों को उलझाते रहे तथा नए-नए मोड़ देते रहे।

अनेक बार विशेष न्यायालयों का गठन करके भी न्याय अविलंब प्राप्त करने का प्रयास किया गया, परंतु परिणाम वही 'ढाक के तीन पात'! विशेष अदालतें भी झूठे गवाहों तथा कानूनी पेचीदगियों से मात खा गईं—और उनके गठन का औचित्य बेमानी हो गया। न्याय माँगने कहीं भी जाइए, सब जगह भारतीय नागरिकों का चयन ही तो हुआ है। भारतीय नागरिक जरा-सी हेरा-फेरी में अपना ईमान-धर्म बेचने में नहीं चूकता। नैतिक रूप से इतना पतन हो गया है कि न्याय-अन्याय के बारे में सोचने का हमारे पास वक्त ही नहीं रह गया है। वकील वही बड़ा जो निर्दोष को भी फाँसी लगवा दे। रात-दिन मोटे-मोटे ग्रंथों का अध्ययन करके ज्ञानार्जन ऐसा किया जा रहा है, जिससे वे अपने क्लाइंट को अपराध के दायरे से बाहर ले आए। झूठ का व्यवसाय, झूठ से आजीविका—एकदम मौलिक

बात है। कोई भी बढ़िया काम शुरू करो, कोई भी सिरफिरा वकील को पकड़ेगा और स्टे ले आएगा। कर लीजिए कोई नेक कार्य। आप करना चाहते हैं, परंतु कानून नहीं करने देगा और आपको न्याय का इंतजार करना पड़ेगा। कहने का अर्थ यह है कि न्यायालयों में न्याय की गुहार तो करें, परंतु वहाँ मिलेगा क्या, यह आपके न्याय पर निर्भर करेगा। भाग्य ठीक हुआ तो न्याय मिल जाए वरना अन्याय में तो कोई ढील है ही नहीं!

वकीलों के रातोरात वारे-न्यारे होते देखे गए हैं। बंगला, नौकर-चाकर, कार की सुविधाएँ बिना विलंब के उन्हें सुलभ हो जाती हैं। दरिद्र और दरिद्र होता जाता है। न्याय प्राप्त करनेवाला लुट जाएगा—परंतु वकील के चेहरे की लाली बढ़ती ही जाएगी। ऐसा न्याय किस काम का, जिसे प्राप्त करने में व्यक्ति बरबाद हो जाए। एक तो न्याय नहीं मिला, दूसरा बरबाद हो गए, अब बताइए क्या खाकर जाए कचहरी में। गाँवों में हालत बदहाल है—बेचारे अनपढ़ लोग वकीलों के चंगुल में फँसे महाजन से ब्याज पर रुपए लेकर मुकदमे लड़ रहे हैं। आदमी स्वयं ही न्यायपूर्वक सोचने लगे, सही-गलत का निर्णय करने लगे तो न्यायालयों की नौबत ही नहीं आए। परंतु वही बात। आदमी आदमी से छल करने पर तुला है। इसलिए इसकी परिणति मुकदमे के रूप में नाक का सवाल बनकर आती है। इस व्यवस्था में न्याय का अर्थ बीस साल तक घूमते रहिए, अंत में जो मिल जाए उसको लेकर आ जाइए। गवाह का लफड़ा इतना ऊँचा कि आप गवाह नहीं दे पाए तो पहली ही चाल में मात खा जाएँगे। इस न्याय से तो भला अन्याय सहते रहो—वह ज्यादा मुनासिब लगता है। 'न्याय के मामले में देर है और अंधेर भी' की उक्ति सटीक उतरती है। यानी दोनों बातों के लिए तैयार हैं तो न्यायालय जाएँ, वरना भैयाजी, भुगतिए इस असार संसार की तानाशाहियाँ।

□

चरना घास न्याय का

❀ प्रदीप मेहता

मूसलाधार बारिश होने लगी। मैं ड्राइंगरूम की खिड़की बंद करने उठा तो बाहर देखा, इतनी तेज बरसात में कोई जानवर घास चर रहा है। बेचारा काफी भूखा होगा, नहीं तो इतनी बारिश में घास क्यों चरता?

आम आदमी मौसम-प्रूफ होता है। इनसान जानवर पर तरस खाता है। मुझसे रहा नहीं गया। छाता लेकर बाहर निकल आया। उससे पूछा, "क्यों भाई, काफी भूखे हो? तुम्हारा यह गिरता हुआ स्वास्थ्य बता रहा है कि तुमने काफी दिन से हरी दूब नहीं खाई है। मगर तुम्हें मालूम है, खाली पेट पानी में भीगने से निमोनिया व कभी-कभी डबल निमोनिया हो जाता है, जिससे जान भी चली जाती है।"

घास चरते हुए ही उसने कहा, "मालूम है।" संक्षिप्त उत्तर से मेरी बुद्धिवादिता को ठेस लगी। मैंने कहा, "तो फिर तुम इस अव्यवस्था से तंग आकर आत्महत्या करने पर तुले हुए हो? आत्महत्या की अपेक्षा तुम व्यवस्था से लड़ सकते थे!"

उसने अपनी गरदन उठाई। आँखों में काफी निराशा थी। चेहरे में ताँबे-सी चमक थी। लगा, कोई दार्शनिक टाइप का जानवर है। दुम फटकारकर प्रश्न कर दिया, "आप मेरी सलाह मानेंगे?"

"क्या?"

"आप इतिहास पढ़ना शुरू कर दीजिए।"

अब मेरी बारी थी, "तो क्या इतिहास पढ़ने से तुम्हारी समस्या हल

हो जाएगी?''

''यह तो मैं नहीं कह सकता, मगर इतना पूछना चाहता हूँ कि जब जापान के छोटे-छोटे बच्चे बड़ी-बड़ी इमारतों से कूद-कूदकर आत्महत्या कर अपने अधिकार के लिए अपना आक्रोश बहादुरी से व्यक्त कर रहे हैं, तो क्या भारत में जानवर शांति से घास चरते हुए आत्महत्या तक नहीं कर सकते?''

छाते में दुबका आदमी दार्शनिक-सा लगने लगता है, क्योंकि छाते के प्रश्नवाचक डंडे (मूठ) में विश्व के समस्त प्रश्न समा जाते हैं। थोड़ा-थोड़ा मैं भी दार्शनिक हो रहा था। कुछ संगीत का असर था, कुछ छाते का। दार्शनिक सामने था और मेरा दिमाग घास की जुगाली कर रहा था। दोष किसे दूँ? अपने को, व्यवस्था को, शासक को या फिर इस घास चरते हुए जानवर को, जो खुली बगावत करने पर तुला हुआ है।

मैंने जानवर से पूछा, ''काफी सताए हुए हो! अपने दर्द के लिए अपनी यूनियन का सहारा क्यों नहीं लेते?''

''न्याय की कोई यूनियन नहीं होती!'' शांत स्वर में जानवर ने वजनदार उत्तर दाग दिया।

चौंकने की अब मेरी बारी थी, ''तो क्या तुम न्याय हो?'' बेचारे पर तरस आ रहा था।

फटी-फटी आँखें, धँसा हुआ पेट, सूखा मरियल शरीर, अंदर की ओर मुड़ी हुई दुम देखकर ही मैं समझ गया था यह जानवर किसी ईमानदार, सत्य, अहिंसा के परिवार का सदस्य होगा। मगर बहुचर्चित असहाय न्याय से मेरी मुलाकात इस हालत में होगी, आशा न थी।

मेरी इच्छा हुई, मैं भी बगावती हो जाऊँ। मैदान में बिखरे पत्थरों को उठा-उठाकर काँच के घरों में फेंकना शुरू कर दूँ और चीख-चीखकर कहूँ, 'धन्य हो हमारे भाग्य-निर्माताओ, पेपटी की स्वादिष्ट चाय पीते हुए आधार पर इस काँच के घर पर बैठे हो उसी थाली में छेद किए जा रहे हो? न्याय बाहर पानी में घास चरकर आत्महत्या कर रहा है और तुम अपने नाक, गले, छाती में विक्स लगाकर न्यायप्रियता की बातें कर रहे हो।'

भोगे हुए यथार्थ से मैं परिचित हूँ। चीखना-चिल्लाना मेरे देश में

काफी बदनाम हो चुका है। सत्याग्रह का मार्ग अश्लील मजाक हो गया है। तीसरा रास्ता यही है कि मैं समझौते की नीति अपनाऊँ। तटस्थता की नीति के आधार पर अपने आक्रोश को पी जाऊँ।

न्याय से मैंने कहा, "घास चरना छोड़ो। घास बाद में खा लेना। पहले गरम हो जाओ।" सूखी घास की गरमी पाकर न्याय कुछ मूड में आया। मैंने उसे आश्वासन दिया, "तुम अपना दर्द मुझे बताओ। दर्द का चलन अभी जोरों पर है। मुकेश व मीनाकुमारी जीते-जी मर गए, मगर उनकी आवाज व शायरी मरने के बाद चर्चित हुई। तुम्हारा मामला मैं संसद् तक ले जाऊँगा। तुम्हारे साथ हुई ज्यादतियों के लिए जाँच आयोग की माँग करूँगा।"

न्याय बीच में ही बोल पड़ा, "तुम नए खून हो, आवेश में हो, यथार्थ से काफी दूर हो। इस चक्कर में न फँसो, ज्यादा अच्छा रहेगा। मैंने तुम्हें पहले भी कहा था, अब भी कह रहा हूँ कि तुम इतिहास में काफी कमजोर हो। तुम्हारी सहानुभूति मेरे साथ है, इसलिए मुझे भी तुमसे स्नेह हो गया है। तुम काफी छोटे हो, दुनिया काफी बड़ी है। मैं साफ-साफ कह देना चाहता हूँ कि मैं काफी खतरनाक व जहरीला जानवर हूँ; जो भी मेरे संपर्क में आता है, सुख से नहीं जी सकता। सुकरात मेरे पास आया, मैंने उसे जहर दे दिया; गांधी को मुझसे लगाव हुआ, मैंने उनकी छाती गोलियों से छलनी कर दी; ईसा ने हमदर्दी दिखाई, मैंने उन्हें सूली पर चढ़ा दिया। पिछले वर्ष फिर एक वर्ग मेरी खोज में निकला। रातोरात मैंने उसे तिहाड़ जेल भेज दिया।"

मैंने न्याय की दुखती रग पर हाथ रख दिया, "मैं तुम्हारी हर बात का समर्थन करता हूँ; मगर इतना बता दो, तुम्हारी इतनी दुर्गति कैसे हो गई?"

न्याय गंभीर हो गया, "देश में मिट्टी की चोरी हो रही है…"

बीच में ही मैं उसकी बात का विरोध कर बैठा।

न्याय क्रोधित हो गया, "तुम्हारे साथ यही तो परेशानी है, सुनते कम हो, बीच-बीच में बोलते ज्यादा हो।"

मैं चुप हो गया।

"लोग रात को मिट्टी की चोरी करने लगे, जिससे एक ओर गड्ढे

बन गए और दूसरी ओर चोरी की मिट्टी से दीवार बन गई। जो गड्ढे ज्यादा खुद गए वे कुएँ कहलाने लगे। कुछ कुएँ सरकारी हो गए, बचे हुए कुएँ गैरसरकारी हो गए। इसी बीच कुछ अलग किस्म के कुएँ भी खुदने लगे जो सपाट थे, मगर कुओं की परिभाषा में आते थे। लोगों ने उन्हें अर्ध गैरसरकारी कहना शुरू कर दिया। बरसात के मौसम में इन कुओं में पानी भर गया। पानी भर जाने से मेढक भी आ गए, जिनके धारावाहिक टर्राने से लोगों के सिर में दर्द होने लगा। जो मेढक जिस कुएँ में थे उसी स्वर में टर्राने लगे।''

न्याय की दार्शनिकता मेरे पल्ले नहीं पड़ रही थी। हाँ-में-हाँ मिलाने के सिवाय मेरे पास और कोई चारा नहीं था, ''बात तुम्हारी सही है। राष्ट्रीयकरण से सिर्फ बैंकों का भला हुआ है, बाकी जगह मानसिक दिवालियापन ही नजर आता है।''

मेरी नजर में मेढक ही सबसे स्वार्थी तत्त्व है। उसे सिर्फ पानी व टर्राने से मतलब है। टर्राना उसका अधिकार है, मगर दुःख होता है कि वे ये भी तो नहीं जानते कि वे टर्रा क्यों रहे हैं?

न्याय ने बात आगे बढ़ाई, ''मेढकों की भी सामाजिक व्यवस्था अस्त-व्यस्त हो रही है, राना, टिगराना व टोड ग्रुप अलग हो गए हैं। टोड जहरीला होता है, इसलिए लोगों ने अपनी रक्षा के लिए उसे पालना शुरू कर दिया है।''

''न्याय भाई, तो क्या तुम प्री-मेडिकल के विद्यार्थी रह चुके हो?''

''यही तो दुःख है, रिश्वत की वजह से मेडिकल कॉलेज में एडमीशन नहीं मिला, नहीं तो मैं घास चरने की बजाय आज डॉक्टर होता।''

''डॉक्टर बनने के लिए रिश्वत!'' मुझे आश्चर्य हुआ।

''यह अपना ही देश है जहाँ सब चलता है, मगर रिश्वत नकद न होकर शुद्ध सोना होना चाहिए। करेंसी में फँसने के चांसेज ज्यादा रहते हैं। मैंने जीवन में कभी पीला पीतल नहीं देखा; सोना तो फिर सोना ही है।''

इस सनसनीखेज तथ्य ने मुझे हिलाकर रख दिया। अनुभवी न्याय के समक्ष मेरा बौनापन साफ नजर आने लगा। न्याय की बातें अब चुटकुलों व मजाक का विषय हो गईं। न्याय के दरवाजे उन्हीं के लिए खुले हैं, जिनके हाथ में लंबी लाठी हो तथा जो गवाह तोड़ना जानता हो। गवाह दो-दो

रुपए में खरीदे व बेचे जा रहे हैं। ऐसी संस्थाओं का भविष्य उज्ज्वल है जहाँ इस चक्रव्यूह को तोड़ने की शिक्षा दी जा रही है।

क्षणिक मौन से न्याय दुखी हो गया। दुखी मन से कहा, "भाई साहब, इसी गवाही के हाथों की मैं कठपुतली बन गया। कुछ मित्रों के साथ मैं कन्याकुमारी में हिंद महासागर देख रहा था। सूर्योदय का दृश्य काफी अच्छा रहता है। कुछ लोग मेरे पास आए, एक झोलेवाले ने पूछा, 'क्यों यह हिंद महासागर है?'

"मैंने कहा, 'हाँ, मगर सिद्ध नहीं कर सकता। सुनी हुई बात बता रहा हूँ। बचपन में मेरे गुरुजी ने बताया था कि भारत माँ के पैर हिंद महासागर धोता है।'

"वरदीवाले ने मेरा कॉलर पकड़ लिया। मेरी तसवीर कैमरे में कैद कर ली गई। दूसरे दिन मेरी तसवीर देश के समाचार-पत्रों में छप गई—देश की चारित्रिक हत्या करनेवाले गिरोह के सरदार की गिरफ्तारी। मुझसे संस्कार-गृह (जेल) में बार-बार पूछा गया कि क्या मैंने भारत माता के पैरों को देखा है? क्या उनके पाँव में गंदगी थी? तुम्हारे पास क्या कोई ठोस प्रमाण है कि हिंद महासागर ही उनके पाँव धोता है?"

न्याय चुप था। बाद में उसे ऑपरेशन थिएटर से लाकर उसका पेट खोल दिया गया। इस अत्याचार पर कुछ आवाजें उठीं, न्यायाधीशों से राय ली गई। न्यायाधीश चालाक होता है, उन्होंने सर्वमान्य फैसला दिया—न्याय पागल होने के साथ-ही-साथ जहरीला हो गया। छूत की बीमारी के कारण न्याय का देश में रहना खतरे से खाली नहीं है। न्याय को यदि छोड़ा जाता है तो समूचा राष्ट्र पागल हो जाएगा। यदि न छोड़ा जाय तो हमारी पुरानी संस्कृति विधवा हो जाती है, इसलिए हमारी परंपरा के अनुरूप कि ऋण व ऋण हमेशा से धन होते आए हैं—न्याय को ऐसी ही स्थिति में रखा जाएगा। न न्याय जी सकेगा, न मर सकेगा; क्योंकि हमारे देश में सब चलता है।

और बात सही भी है। आज भी फटा हुआ पेट लिये न्याय घास चर रहा है और हम मेढकों की आवाज सुनते हुए विक्स की शीशियाँ खरीद रहे हैं, क्योंकि सामने बारिश का मौसम जो है।

☐

सत्य के पहलू

❁ प्रेम जनमेजय

कहानी यूँ कही जाती है कि एक व्यक्ति की किसी हादसे में नाक कट गई। प्रिय भाई चिंतित। हमाम में सब नंगे हों तो कपड़े पहननेवाले को शर्म आती है। लोग नाक का संबंध टी.वी., फ्रिज, कार, बेहतरीन सोफा-सेट आदि से जोड़ते हैं। इन भाई ने धर्म से जोड़ लिया। अब लोग नाक कटा रहे हैं और अदृश्य, अगोचर ईश्वर को देख रहे हैं। नाक बचाने के लिए नाक कटवाई जा रही है। और जो चीज एक व्यक्ति के लिए गलत थी, धर्म ने उसे सबके लिए सत्य बना दिया।

धार्मिक जीव अत्यंत ही संतोषी जीव होता है। कहाँ क्या हो रहा है, उसे इसकी चिंता क्या? उसका काम तो खड़ताल बजाना है। आँख मुँदी है, प्रभु-भजन चल रहा है। अब आप किसी की हत्या कर लें, कुछ ले-दे लें, किसी को चूस लें, सब प्रभु की लीला है। भजन किए जाओ और जनता से कराए जाओ।

रामगोविंदशंकर हमारे मोहल्ले के अत्यंत धार्मिक प्राणी हैं। सुबह अपने उच्च स्वर में मोहल्ले को भजनामृत पिलाते हैं। उनके मुख से एक वाक्य सदा उच्चरित होता रहता है, 'सत्यं वद् धर्मं चर'।

मैं व्याख्या करता हूँ, "सत्य कह और धर्म को चर।"

रामगोविंदशंकर भाई चौंकते हैं, "यह कैसा विरोधाभास प्राणी? आदमी सत्य कहकर धर्म को कैसे चर जाता है?"

"यह विरोधाभास नहीं, युग-सत्य है, बंधु! जो सच बोलता है वह

धर्म को चर जाता है और जुगाली भी नहीं करता। और जो धर्म पर चलता है वह सत्य नहीं बोल सकता।''

''धर्म यानी?''

''धर्म यानी कर्तव्य, नौकरी, ड्यूटी...''

''आपका अभिप्राय है, असत्य कहो और असत्य सुनो?''

''जिंदा रहने का गुरुमंत्र है, नहीं तो सेठ नौकरी से निकाल देगा।''

वे असमंजस में पड़ गए और मैं भजन गाने लगा, ''माया महा ठगनी हम जानी।''

सच के कई पहलू देखने को मिल रहे हैं। बचपन में मास्टरजी से बेंत खाकर पढ़ा था—

सच कह, झूठ मत कह,
चोरी मत कर, ईश्वर से डर।

वह मास्टरजी का सत्य था। कल चौराहे पर देखा तो अदालत के सामने वकील लोकपाल बड़े मनोयोग से अपने गवाह को पढ़ा रहे थे—

झूठ कह, सच मत कह,
विपक्षी वकील से मत डर।

सुनकर मास्टर साहब के बेंत याद आ गए। वकील को सबक भूला हुआ नालायक विद्यार्थी समझने की मुद्रा में मैंने झाड़ा, ''ये क्या गलत-सलत पढ़ा रहे हैं, वकील साहब, आपको इतना भी नहीं पता कि सच कह...''

वकील लोकपाल का ध्यान भंग हुआ। उनकी नजरों ने चश्मे से झाँका और मुझे अज्ञानी जानते हुए समझाया, ''भई, क्या तुम आँख के सूरदास हो, देखते नहीं मैं अपने गवाह को एजूकेट कर रहा हूँ। उसे ज्ञान दे रहा हूँ।''

''पर यह ज्ञान तो आप गलत दे रहे हैं, वकील लोकपालजी!''

''यह गलत क्या होता है?'' लोकपालजी ने आँखें मिचमिचाईं।

''यही, झूठ बोलने को कहना।'' मैंने गर्व से बचपन का पाठ दोहरा दिया।

''और सच बोलने को कहना?''

''ठीक होता है।''

वह मेरी आँखों में व्यंग्य से मुसकराए और सिर को थोड़ा-सा दाएँ-बाएँ हिलाते हुए निर्णय के स्वर में बोले, ''फिर तो यह जेल जाएगा।''

''गलत काम करेगा तो जेल जाएगा ही।''

''क्या जेल सिर्फ गलत काम करनेवाले ही जाते हैं?''

''हाँ, बिलकुल।''

''नहीं, मेरे बच्चे!'' वकील साहब ने पुचकारते हुए कहा, ''सच बोलनेवाला भी जा सकता है, अगर उनका वकील घोंचू हो तो, समझे!''

''तभी आप इसे गलत ज्ञान दे रहे हैं।''

''गलत नहीं, सही। मैं इस गवाह की रोजी-रोटी हूँ। जिसका मुकदमा मैं लड़ रहा हूँ वह मेरी रोजी-रोटी है। अब सच्चे को बचाऊँगा तो सोचेगा, मैं सच्चा था, इस वकील ने क्या कियां। झूठा बचेगा तो दस जगह गुण गाएगा, उपहार देगा। तो शिरीमानजी, सवाल झूठ-सच का हुआ या रोजी-रोटी का?''

लोकपालजी ने विजयी मुसकान से मेरी तरफ देखा और अपने तर्कज्ञान से चकित गवाह को पढ़ाने लगे। मुझे भी अद्‌भुत ज्ञान की उपलब्धि हुई थी। बचपन का सच किताबी निकला और यौवन का सच रोजी-रोटी से जुड़ गया। रामगोविंदशंकर, लोकपाल और मास्टरजी के सच अलग-अलग हुए।

□

निर्णय सुरक्षित है

❀ महेश सांख्यधर

जंगल राज्य के शिखर न्यायालय में जब याचिकाओं की संख्या से रजिस्टर आतंकित हो उठा तो विशेष खंडपीठों, लोक अदालतों, पंचायतों के जरिए हजारों मुकदमे निपटाए गए; फिर भी कुछ याचिकाएँ शिखर न्यायालय में अंतिम निर्णय के लिए आईं, जिनकी सुनवाई के लिए न्यायमूर्ति माननीय शेर, न्यायमूर्ति माननीय बाज और न्यायमूर्ति माननीय मगरमच्छ जूरी के रूप में बैठे तो हजारों-लाखों की संख्या में जीव-जंतु इन महत्त्वपूर्ण मुकदमों को सुनने के लिए उपस्थित हुए।

याचिका एक—प्रथम याचिका सूअर और गधे की थी। सूअर का कहना था—हुजूर! गाय, बैल, हाथी, चीता आदि उच्च वर्ग के पशु मेरा तिरस्कार करते हैं। मुझे सूअर कहकर गाली देते हैं तथा मुझे अस्पृश्य मानकर मुझसे भेदभाव बरतते हैं। मेरी न्यायालय से प्रार्थना है कि इन्हें सूअर कहने के लिए दंडित किया जाए तथा छुआछूत मिटाने के लिए इन्हें मेरे साथ भोजन करने का आदेश दिया जाए। हुजूर! यह बेकवर्ड गधे का बच्चा भी मुझे सूअर कहता है।

गधा—हुजूर! गधा मेरा नाम नहीं, फिर भी मेरी जाति का अपमान करने के उद्देश्य से ये पशु मेरा उपहास करते हैं। सर! यह सूअर का बच्चा भी मुझे गधा कहता है। एक ओर तो स्वतंत्रता का डंका पीटा जाता है, दूसरी ओर मेरी जुबान को लगाम लगाई जाती है। इससे मेरे मौलिक अधिकार का हनन होता है। मेरी न्यायालय से विनती है कि मुझे गधा

कहकर अपमानित न किया जाए, मेरी जुबान को लगाम न लगाई जाए और मुझे मेरे सींग वापस दिलाए जाएँ।

मुख्य न्यायाधीश के पद से बोलते हुए शेर ने कहा—इनकी शिकायत पर किसी को आपत्ति हो तो आगे आए। इसपर भीड़ से शृगाल आगे आया।

माननीय न्यायाधिकरण! मैं सम्मानित वादी नंबर एक और दो से पूछना चाहता हूँ कि इन्हें सूअर और गधा न कहा जाए तो क्या कहा जाए? क्या इन्हें घोड़ा, गाय, छछूँदर कहा जाए? वंदनीय सूअरजी के साथ अन्य जीव भोजन कैसे कर सकते हैं, क्योंकि जितना विटामिनयुक्त भोजन यह लेते हैं उतना दूसरे छू भी नहीं सकते। दूसरे, इनके श्रेष्ठ संस्कारों से एड्स का खतरा भी भरपूर है। प्रात:दर्शनीय श्रद्धेय गधानाथजी से मेरा निवेदन यह है कि विश्व-भर का इतिहास साक्षी है कि बड़े-बड़े राजाओं, महाराजाओं, सम्राटों, चक्रवर्तियों, अधिकारियों, मंत्रियों, प्रधानमंत्री और राष्ट्रपतियों ने अपने नाम की अपेक्षा अपने जातिसूचक शब्द में ही गर्व अनुभव किया है और कर रहे हैं। यहाँ तक कि जातिवाद के विरोधी और धर्मनिरपेक्ष बड़े-बड़े समाजवादी और साम्यवादी नेताओं को उनके जाति-नामों से जाना जाता है। फिर गधों को तो हमारा समाज सदा सम्मान देता रहा है। मेरे विचार से उन्हें हीनभावना का शिकार नहीं होना चाहिए।

तीनों न्यायाधीशों ने एक-दूसरे का मुँह ताका और याचिकादारों से कहा—आपके मामले में निर्णय सुरक्षित है। तब तक अंतरिम आदेश यह है कि भेदभाव मिटाने और स्वतंत्रता का उपयोग करने के लिए आप दोनों स्वच्छंदता से गलियों, सड़कों, चौराहों, पार्कों आदि स्थानों पर निर्द्वंद्व विचरण कीजिए। आपको कोई नहीं रोकेगा। इससे संपूर्ण जंगल में सूअरों और गधों का सम्मान झलकेगा। यह न्यायालय यह भी आदेश देता है कि नगरपालिकाएँ, नगर-निगम, ग्रामसभाएँ आदि आपकी सुविधा और लोटन-संस्कृति को अक्षुण्ण बनाए रखने के लिए नालियाँ गंदी रखेंगी, पाइपलाइनें टूटी रखेंगी और टूटी-फूटी सड़कों पर स्थान-स्थान पर मैले के ढेर करेंगी, जिससे गंदी बनी रहेगी और आप लोग उसमें लोटकर यह प्रमाणित करते रहेंगे कि जंगल में पूर्ण प्रजातंत्र विद्यमान है।

याचिका दो—बकरी की ओर से दायर की गई थी—

माननीय शिखर न्यायालय! मैं अनुसूचित जाति की हूँ। इसके प्रमाण के लिए मैंने संस्कृत का कोश संलग्न किया है, जिसमें प्राचीनकाल से मुझे अजा (अनुसूचित जाति) माना गया है। मैं शपथपूर्वक कहती हूँ कि पूज्य महात्मा गांधी की संगति से मैंने पूर्ण अहिंसा-व्रत अपनाया हुआ है। अत: मैं विशुद्ध शाकाहारी हूँ। मैं दूध देती हूँ, जो बहुत लाभदायक होता है। गाय भी शाकाहारी होने का दावा करती है, परंतु अहिंसा में उसकी आस्था नहीं रही है। वह सींगों और लातों का खुलकर प्रयोग करती है। वह मेरी अपेक्षा घटिया भोजन भी कर लेती है; फिर भी उसकी मान्यता अधिक है। वह अधिक सुरक्षित है। मेरा मांस जंगल के पशु तो खाते ही हैं, आदमी भी खाता है। इसकी शिकायत मुझे उतनी नहीं है जितनी इस बात की कि यह आदमी मेरा मजाक उड़ाने के लिए मेरी खाल का तबला भी बजाता है और खुश होता है। मेरी माननीय न्यायालय से प्रार्थना है कि मेरी खाल का तबला बजने से रोकने और मेरी सुरक्षा करने का आदेश करें।

न्यायालय की ओर से शेरसिंह ने कहा—प्रिय बकरीजी! आप पर जंगल-द्रोह का आरोप है। आपने ऊँट से साँठगाँठ कर संसार के जंगलों का सफाया कर दिया है। इससे न मात्र प्रदूषण बढ़ा है, बल्कि जंगल के जीवों का अस्तित्व खतरे में पड़ गया है। मेरी ही जाति को देखिए—पिंजड़ों, सर्कसों और चिड़ियाघरों से ही बची हुई है। फिर भी जीना चूँकि आपका मौलिक अधिकार है, इसलिए यह न्यायालय आदेश देता है कि आपकी सुरक्षा भेड़िया करेगा। वह आबादी में जाकर भी तुम्हारी रक्षा करेगा। तबला बजाने पर निर्णय सुरक्षित है।

याचिका तीन—तीसरी याचिका में केचुओं ने कहा—

हुजूरेआला! हमें शिकायत यह है कि हमारे द्वारा सुंदर-सुंदर मछलियों को फँसाया जाता है और इसलिए हमें कोई भी पकड़कर काँटे में लटका देता है। जबकि हम तो शाकाहारी भी नहीं, विशुद्ध माट्याहारी हैं। हम किसी का कुछ नहीं बिगाड़ते, फिर भी हमारे शत्रु हैं। इसलिए हमारी सुरक्षा का उपाय किया जाए और हमें विषकोष रखने के लाइसेंस दिए जाएँ।

जूरी का आदेश हुआ—प्रिय केंचुआजी! हमें आपसे अनेक लाभ हैं। व्यवस्था को उत्तम श्रेणी के केंचुओं की सदा आवश्यकता रहती है।

इसलिए यह न्यायालय आदेश देता है कि केंचुओं और उनकी नस्ल का कभी कोई कुछ नहीं बिगाड़ सकेगा, क्योंकि तुम्हारी रीढ़ नहीं होती। इसलिए तुम्हें न विषकोष की आवश्यकता है न काँटे की। मछलियाँ फँसाने पर निर्णय सुरक्षित है।

याचिका चार—चौथी याचिका उल्लू की थी। इसमें न्यायालय से प्रार्थना की गई थी—हमारा जंगल राज्य आर्थिक संकट से गुजर रहा है। यहाँ दूसरे जंगलों के जीव अपना व्यापार कर रहे हैं। महँगाई, गरीबी, घूसखोरी, अत्याचार पनप रहे हैं। इसका प्रमुख और एकमात्र कारण है, सत्ता में उल्लुओं की उपेक्षा। माननीय न्यायालय! लक्ष्मी मेरे सिर पर विराजती है। मैं जहाँ जाऊँगा लक्ष्मी वहाँ जाएगी, मैं जहाँ रहूँगा लक्ष्मी वहाँ रहेगी। मैं घुप्प अँधेरे में देख सकता हूँ। अनेक बोलियाँ बोल सकता हूँ। दिन में मैं इसलिए नहीं देखना चाहता कि इससे लक्ष्मी के उजागर होने और उनके शीलहरण होने की प्रबल आशंका है। इसलिए विद्वान् कौआजी मेरे वकील होंगे। आप जानते ही होंगे कि न्याय की रक्षा के लिए काला रंग कितना पावन है। प्रकृति ने विद्वान् कौआजी को न्याय की रखवाली के लिए ही काला पैदा किया है। इस संदर्भ में मुझे दो निवेदन करने हैं कि हंस को न्याय का प्रतीक न माना जाए, क्योंकि वह सफेद होता है और सफेदपोशों और बगुलाभगतों से जीवों का विश्वास उठ गया है। दूसरे, हंस न्याय के नाम पर घोर अन्याय करता है, क्योंकि वह दूध-का-दूध और पानी-का-पानी की आड़ में दूध-दूध स्वयं पी जाता है और पानी रूपी सपरेटा दूसरों को छोड़ देता है। अत: काले कौओं को ही न्याय का प्रतीक घोषित किया जाए तथा सत्ता से उल्लुओं को चिपकाने के लिए पर्याप्त आरक्षण की व्यवस्था की जाए। सत्ता में उल्लुओं का प्रभुत्व जितना अधिक होगा, राज्य उतना ही संपन्न और विकसित होगा।

इसके अतिरिक्त मैं अपना एक मौलिक अधिकार भी माँगने की अनुमति चाहता हूँ—वह है लक्ष्मी के साथ मेरी अर्थात् उल्लुओं की पूजा। इसके लिए जगह-जगह पर यह मंत्र लिखा जाए—'उल्लू है जहाँ, लक्ष्मी है वहाँ'।

न्यायालय ने निर्णय लिया—उल्लूजी की याचिका सुनने और विद्वान् कौआजी की वकालत के बाद यह न्यायालय इस निष्कर्ष पर पहुँचा है कि

जंगल राज्य के कल्याण और संपन्नता के लिए सत्ता में उल्लुओं को आरक्षण दिया जाए तथा लक्ष्मी की प्राप्ति के लिए उनकी पूजा-वंदना की जाए। हंस और हंस किस्म के जीवों को न केवल सत्ता से हटा दिया जाए, अपितु उनको पूर्णरूप से मिटा दिया जाए; जिससे उल्लुओं को कभी कोई खतरा पैदा न हो। न्याय की रक्षा कौओं को सौंपी जाए और चील-गिद्ध उसके सहयोगी बनाए जाएँ। न्याय की उचित रक्षा के लिए कौओं को यह अधिकार भी दिया जाता है कि वे चाहें तो हजारों वर्ष हड़ताल रखकर न्यायालयों में कामकाज न होने दें। हाँ, हड़ताल के दौरान तारीखें लगती रहेंगी। पेशकार नियमानुसार पेशी वसूलते रहेंगे और कौआगण अपने मुवक्किलों से पारिश्रमिक लेते रहेंगे तथा न्याय की रक्षा करते रहेंगे। उल्लुओं की बोली को मान्यता देने का निर्णय सुरक्षित रहेगा।

याचिका पाँच—पाँचवीं याचिका मच्छरों ने दायर की थी—

माननीय शिखर न्यायालय! हमें आदमी से शिकायत है। इसने सारे जंगल काट-काटकर पृथ्वी का संतुलन बिगाड़ दिया है। जंगली जीवों का अस्तित्व भी खतरे में पड़ गया है। यह आदमी दुनिया को मिटाने पर तुला है। लगता है, न्यायालय भी उसका कुछ नहीं कर पाएगा, क्योंकि यह सोर्स / फोर्स / गोल्ड के बल पर सबूत मिटा देता है, गवाहों को खरीद लेता है या मरवा देता है, दोनों ओर के वकीलों (पेशकारों) और न्यायाधीशों को खरीद लेता है और जैसा चाहता है, अपने पक्ष में निर्णय करा लेता है। परंतु ये हमारा कुछ नहीं बिगाड़ सकता। हम उसका खून पिएँगे और उस खून से पेड़-पौधे सींचकर जंगल हरा-भरा बनाएँगे। हम न्यायालय से उस दुष्ट आदमी के खून से पौधों को सींचने की अनुमति चाहते हैं।

इस याचिका पर विचार होने ही वाला था कि न्याय के रक्षक कौओं ने हड़ताल कर दी। बताया जाता है कि वह हड़ताल अभी चल रही है। अतः कुछ अन्य याचिकाएँ फाइलों में दबी पड़ी हैं। जंगल (राज्य) उजड़ रहा है। पेशी चल रही हैं। कौए न्याय की रक्षा कर रहे हैं।

□

कानून के हाथ

❁ मीना अग्रवाल

जस्टिस हैदर अपनी निजी जिंदगी में काफी दिलचस्प आदमी हैं। अदालत में होते हैं तो वाकई न्याय की मूर्ति दिखाई देते हैं, घर पर होते हैं तो अच्छे-खासे मूर्तिभंजक बन जाते हैं और हम जो उनके बचपन के मुँहलगे हैं, साथ खेले, साथ पढ़े-लिखे, साथ जवान हुए, साथ बूढ़े हुए और साथ मरेंगे भी, जैसाकि अभी तक उनका-हमारा इरादा है, कई बार उनसे ठिठोली भी कर लेते हैं। उन्हें कई बार यह पछतावा होता है कि वह न्यायमूर्ति क्यों हुए, खालिस पत्थर की मूर्ति क्यों नहीं हुए। अगर खालिस पत्थर की मूर्ति हुए होते तो आज अदालत की ऊँची कुरसी पर बैठे झक न मार रहे होते। किसी शिव मंदिर, राम मंदिर, हनुमान मंदिर की इससे भी ऊँची कुरसी पर विराजमान होते और सारी दुनिया में अपने सेवक पुजारी के इशारे पर नाच रहे होते। लेकिन किस्मत बनानेवाले का क्रूर मजाक देखिए कि उसने जस्टिस हैदर को पत्थर की मूर्ति बनाकर मंदिर में स्थापित नहीं किया, न्यायमूर्ति बनाकर अदालत के सिंहासन पर ला धरा। उनका खयाल है कि मूर्ति वह भी है और मूर्ति वह भी है, जो मंदिर में रखी है, पर जो श्रद्धा और सुख मंदिरवाली मूर्ति को प्राप्त है, न्यायालय में सजाई गई हम जैसी मूर्तियों को नहीं।

जस्टिस हैदर को कुछ और भी आपत्तियाँ हैं। हम चुपके से आपके कान में बताएँ कि वह जब भी ईजी मूड में होते हैं, यही कहते हैं कि कानून और न्याय के साथ जितना अन्याय बुद्धिजीवियों ने किया, शायद

ही किसी और ने किया हो, बुद्धिजीवियों के बारे में जस्टिस हैदर की राय हमेशा ही खराब रही है, उन्हें हमेशा ही आशंका लगी रहती है कि इस प्रजाति के लोग पता नहीं कब किसके बारे में क्या कह दें; क्योंकि न तो इनके मुँह को लगाम होती है और न कलम को। अब आप यही देखिए कि किसी मनचले बुद्धिजीवी ने पता नहीं किस सनक में कह दिया कि कानून अंधा होता है। जबकि जितनी आँखें कानून के चेहरे पर होती हैं, उतनी संसार-भर में किसी के चेहरे पर नहीं होतीं। जस्टिस हैदर अकसर कहते हैं, भला बताइए तो सही, कानून अंधा होता तो उसके माध्यम से न्याय कैसे किया जा सकता है? वह जोर देकर कहते हैं, कानून अंधा नहीं होता है, समाका होता है। अगर हम बुद्धिजीवियों के भर्रे में आकर उसे अंधा मान लें तो न्याय को अंधे के हाथ की लाठी मानना हमारी मजबूरी होगी, और अंधे के हाथ की लाठी आप जानते ही हैं, क्या गुल खिला सकती है! जस्टिस हैदर इस कहावत और इसके गढ़नेवाले के सख्त विरोधी हैं। वह उस तथाकथित बुद्धिजीवी के भी कड़े आलोचक हैं, जिसने नशे की झोंक में बेपर की उड़ाते हुए कभी कह दिया था कि कानून के हाथ बहुत लंबे होते हैं। जस्टिस हैदर का कहना है कि जितने छोटे हाथ कानून के होते हैं, शायद ही किसी और के होते हों। उन्हें तो कई बार ऐसा भी आभास हुआ, मानो कानून के हाथ होते ही नहीं, वह लुंजा होता है। उनके अनुसार अगर कानून के दस-पाँच सेंटीमीटर लंबे हाथ होते भी हों तो वह शहर-शहर बिखरे उन जेबकतरों के हाथों से लंबे तो हरगिज नहीं हैं, जो हमारी-आपकी जेब भी काट लेते हैं और भनक भी नहीं लगने देते। ये जेबकतरे समाज के हर क्षेत्र में अपने लंबे-लंबे हाथ लिये घूम रहे हैं और दिन-रात कानून के छोटे हाथों को चुनौती दे रहे हैं, परंतु कानून के ठिगने हाथ इन जेबकतरों के लंबे हाथों का बाल बाँका नहीं कर पा रहे हैं। इसीलिए जस्टिस हैदर का खयाल है कि दुनिया में बुद्धिजीवियों से ज्यादा मूर्ख और मसखरा कोई नहीं होता। इन्हें जो महारत तिल का पहाड़ और पर का कौआ बनाने में हासिल है, वह किसी और को नहीं।

एक बार जस्टिस हैदर ने एक बहुत ही दिलचस्प घटना का ब्योरा दिया था हमें। इससे पहले कि हम वह घटना दोहराएँ, यह बताते चलें

कि जस्टिस हैदर के विचार में भारत एक बहुत बड़े शफाखाने यानी कि अस्पताल अथवा चिकित्सालय के समान है, जहाँ जितने रोगी हैं, उतने ही डॉक्टर; बल्कि रोगी कम हैं और डॉक्टर अधिक! वह कई बार अपने मित्रों को मशविरा दे चुके हैं कि अगर खुशकिस्मती या बदकिस्मती से कभी आप बीमार पड़ जाएँ तो भूलकर भी आप इसका वर्णन किसी से न करें; क्योंकि आपके अधरों से बीमारी की बात निकली नहीं कि आपके आसपास घात लगाए डॉक्टरों ने आपको दबोचा नहीं। जान-पहचान हो न हो, परिचय हो या न हो, कोई भी आपके सामने अपना खानदानी बल्कि सौ पुश्तों का आजमाया हुआ नुस्खा पेश कर देगा। मान लीजिए, आप बस में यात्रा कर रहे हैं, अचानक सड़क के गड्ढे में पहिया जा पड़ने से बस को झटका लगा, आप उछले, आपकी पीठ झटका लगने से दर्द करने लगी और आपके मुँह से न चाहते हुए भी सिसकी निकल गई तो जानते हैं, ऐसे में आपके साथ क्या हो सकता है; बराबर में बैठा व्यक्ति आव देखेगा न ताव, झट अपना हाथ आपकी पीठ पर इतने प्यार से धर देगा जैसे पीठ आपकी नहीं, आपके सहयात्री की हो और सहानुभूतिपूर्वक आपसे कहेगा—

"दर्द होता है, भाई····कहाँ-कहाँ, क्या यहाँ?" वह आपकी पीठ को अपने लंबे हाथों की उँगलियों से टटोलेगा और झट आपको बिन माँगे सुझाव देगा—"पिसी हुई हल्दी की फंकी लगाकर, एक गिलास गरम-गरम दूध पी जाना सोते समय, दर्द समाप्त! लाख बार का आजमाया हुआ नुस्खा है, भाई····"

आप इन पुश्तैनी डॉक्टर साहब की ओर भयभीत दृष्टि से देखेंगे, लेकिन इस बीच वह दो-चार अचूक दवाइयाँ और आपके सामने पेश कर चुका होगा। आप हल्दी को रद्द करेंगे तो वह पलटकर हल्दी से अंबा हल्दी पर आ जाएगा और जब आप अपनी जान छुड़ाने के लिए तर्क देंगे कि भाई साहब, असली अंबा हल्दी अब मिलती कहाँ है, अगर चीज है, नकली है तो उसका असर क्या खाक होगा! तो वह सज्जन आपका वाक्य समाप्त होने से पहले ही अपना लंबा हाथ आपकी पीठ की ओर पुनः बढ़ाते हुए नहले पर दहला मारेंगे—आजकल हल्दी नकली है तो दर्द भी नकली है, भाई मेरे! दर्द नकली हो या न हो, आपकी पीठ तो

अवश्य ही नकली है····आप निश्चिंत होकर एक फंकी हल्दी की लें और ऊपर से गरम-गरम दूध पी लें, भगवान् ने चाहा तो आपकी नकली पीठ असली पीठ में बदल जाएगी। यह कहकर वह अपना लंबा हाथ खींचकर फिर अपने कोट की जेब में ठूँस लेंगे।

जस्टिस हैदर पूछते हैं—"अब आप बताइए, कोई ऐसा कानून है जो उनके हाथों को अनधिकृत तौर पर आपकी पीठ टटोलने से रोक सके? ऐसे लंबे हाथों के सामने कानून लुंजा रह गया कि नहीं?"

हमारे दिल में गुदगुदी-सी हुई। पूछा, "जस्टिस हैदर, बात तो आप सही कह रहे हैं, पर इसका कोई संदर्भ, कोई पृष्ठभूमि तो बताएँ?"

जस्टिस हैदर ने अपना बिन बालोंवाला सिर प्यार से सहलाया। बोले—"कुछ ही समय पहले एक सड़कछाप डॉक्टर को दंडित कर जेल भेजा था····पर आप तो जानते ही हैं, जेबकतरों के हाथ कानून के हाथ से ज्यादा लंबे होते हैं····हुआ यह कि पिछले कई वर्षों से अदालत में एक मुकदमा विचाराधीन था। मुद्दई ने अदालत में प्रार्थना-पत्र देते हुए आरोप लगाया था कि अमुक पुत्र अमुक ने, जो बसों-मोटरों में सुरमा बेचने का धंधा करता है, अपनी चिकनी-चुपड़ी बातों से धोखा देकर मेरे हाथों सुरमा बेचा, जिससे मेरी आँखों की ज्योति जाती रही। यह मुकदमा एक न्यायाधीश से दूसरे न्यायाधीश तक होते हुए कुछ समय पूर्व मेरे सामने आया। गवाह पेश हुए, सबूत पेश हुए, सफाई दी गई, जिरह हुई और अंत में आदेश लिखने की नौबत आई····"

जस्टिस हैदर उस दिन सचमुच बड़े ईजी मूड में थे। बोले—"मुद्दई की ओर से अदालत को वह टेप भी सुनाया गया जिसमें सुरमा बेचनेवाले अमुक पुत्र अमुक की आवाज सुरक्षित की गई थी।"

आ गया····आ गया, असली····असली····असली। असली सुरमेवाला आ गया। असली सुरमा भैंसेवाले मशहूर वैद्य का। खालिस ममीरे से तैयार किया गया है, भाइयो, बहनो, खालिस ममीरे से। फूला हो, जाला हो, सफेदी हो, नाखूना हो, आँख की ज्योति कम हो गई हो, ज्यादा हो गई हो, आँख दुखने आई हो, आँख से पानी बहता हो, चौंध लगती हो, चमक लगती हो, मोतिया का पानी उतर रहा हो, पलक झड़ती हो, खड़क होती हो, पास की नजर खराब हो, दूर की खराब हो, कोई भी

रोग हो, हमारा असली ममीरेवाला सुरमा लीजिए और आँखों का हर रोग दूर कीजिए····पाँच रुपए—पाँच रुपए।

कुछ क्षण आवाज रुकती है, टेप फिर बजता है—हाँ तो भाइयो, आँखवाला तेरे जोबन का तमाशा देखे : आँखें नहीं तो कुछ भी नहीं, हाथ उठाइए, पैसे बढ़ाइए, लीजिए····लीजिए····झिझकिए नहीं, 'घर आया नाग न पूजे बांबी पूजन जाए'। मैं आपके चरणों में उपस्थित हूँ। किसी वैद्य, हकीम, डॉक्टर के पास जाने की जरूरत नहीं····आँख की हर बीमारी का अचूक इलाज है यह सुरमा····लीजिए—लीजिए पाँच रुपए, पाँच रुपए, पाँच रुपए!

"आप देख रहे हैं कि कितनी कुशलता से धोखा दिया है इसने आँख के रोगियों को। अपने लंबे हाथों से कितने गरीब लोगों की जेबें काटी होंगी इसने—क्या इसके हाथों से ज्यादा लंबे हैं कानून के हाथ···· ?"

जस्टिस हैदर, जो काफी ईजी मूड में थे, एकदम गंभीर हो गए। बोले, "असली ममीरेवाले सुरमे को केमिकल टेस्ट के लिए भेजा गया, रिपोर्ट आई कि कोई विशेष घातक चीज नहीं पाई गई है इसमें, किंतु नेत्ररोग विशेषज्ञों का मानना था कि कोई भी सुरमा, चाहे वह असली ममीरे का हो अथवा नकली ममीरे का, आँखों को क्षति पहुँचा सकता है····जबकि सफाई में अमुक पुत्र अमुक का कहना था कि सुरमा बेचने का यह धंधा उसके परिवार में आज से नहीं, बाप-दादा के समय से हो रहा है। कोई भी उसे लगाने से अंधा नहीं हुआ। अमुक पुत्र अमुक हाथ जोड़कर विनती कर रहा था—इसमें अपन के सुरमे का कोई दोष नहीं है, माई बाप, उसकी आँखों का कोई दोष हो तो हो, हमारा तो सारा जीवन बस में झूलते झोटे खाते गुजर जाता है, माई बाप। पहले मेरा बाप इन्हीं बसों में यह असली ममीरेवाला सुरमा बेचता रहा, उससे पहले मेरा दादा और अब मैं। कभी किसी को कोई शिकायत नहीं हुई, माई बाप। चाहे तो आप भी तजुरबा कर लें····एक बार लगाएँ और देखें, कैसी चमकने लगती हैं आँखें चिराग की तरह!"

अदालत दर्शकों से खचाखच भरी थी।

जस्टिस हैदर बता रहे थे, "यह अपने ढंग का पहला मुकदमा था, जब कानून के हाथ किसी बस-टैंपू मार्का दवा-विक्रेता तक पहुँचे थे।

तब मुझे लगा था कि सचमुच कानून के हाथ लंबे होते हैं। यह हाथ सुरमे के नाम पर बस यात्रियों को ठगनेवाले एक अवैध धंधेबाज तक जा पहुँचे थे। जस्टिस हैदर की राय में यह मामला खुली सजा का था। अमुक पुत्र ने अपनी लफ्फाजी और माल बेचने की कला में माहिर होने के कारण बस यात्रियों को धोखा दिया। अपने द्वारा निर्मित सुरमे को आँखों की हर बीमारी की अचूक दवा बताया, बस यात्रियों को गुमराह कर उनसे पैसे ऐंठे तथा एक व्यक्ति की नयन-ज्योति को हानि पहुँचाने का अपराध किया। सारे साक्ष्य अमुक पुत्र अमुक के विरुद्ध थे।''

जस्टिस हैदर ने उसे सात वर्ष के लिए नाप दिया। लेकिन इससे भी रोचक, किंतु गंभीर घटना यह नहीं, वह थी जो जस्टिस हैदर के सामने सुरमा-विक्रेता को जेल भेजने के बाद आई—

जस्टिस हैदर के अनुसार, सुरमा-विक्रेता अमुक पुत्र अमुक को जेल भेजने के बाद उन्हें पूरा विश्वास हो गया कि सचमुच ही कानून के हाथ बहुत लंबे हैं। वह बस में अवैध रूप से दवाई बेचनेवाले को भी कभी-न-कभी पकड़कर न्यायालय के कटघरे में खड़ा कर सकता है। उन्होंने इस केस में अपना निर्णय देते हुए स्वास्थ्य मंत्रालय से सिफारिश भी की कि अनधिकृत तौर पर दवाएँ बनाने तथा बेचने पर प्रतिबंध लागू कर इसे दंडनीय अपराध घोषित किया जाए ताकि कानून के लंबे हाथ समाज से इस गंदगी का सफाया कर सकें....लेकिन....

लेकिन जस्टिस हैदर उस दिन फिर आश्चर्य में पड़ गए जिस दिन सुरमा-विक्रेता अमुक पुत्र अमुक के मामले में निर्णय सुनाकर घर आए। हुआ यों कि जस्टिस हैदर की पत्नी पंद्रह दिन अपने मायके में रहकर उसी दिन वापस आई थीं। शाम करीब सात बजे ट्रेन स्टेशन पर पहुँची तो वह सीधी घर आईं। जस्टिस हैदर तब ड्राइंगरूम में बैठे कुछ फाइलें उलट-पलट कर रहे थे। पत्नी से कुशलक्षेम पूछा और फिर अपने काम में व्यस्त हो गए। श्रीमतीजी साथ लाया सामान खोलने लगीं तो जस्टिस हैदर की नजर अचानक एक छोटी-सी शीशी पर पड़ी। चौंककर बोले जस्टिस हैदर, ''यह क्या लेकर आई हो, बेगम?''

उत्तर मिला, ''सुरमा है, सुरमा है। गाड़ी में बेच रहा था....बहुत ही बढ़िया है, एकदम धुंध साफ कर देता है और कुछ ज्यादा महँगा भी

नहीं, केवल पाँच रुपए का…"

जस्टिस हैदर को लगा, मानो कानून के हाथ फिर छोटे हो गए हों…समाज के विभिन्न क्षेत्रों में सक्रिय जेबकतरों की तुलना में। वह न्याय किसे और कैसे दें? जस्टिस हैदर ने सोचा और फिर फाइलों में गुम हो गए।

□

चीरा कहीं लगावे

❀ मीना अग्रवाल

हमने तो अवकाश प्राप्त करते हुए किसी अधिकारी को इतना खुश होते कभी नहीं देखा, जितना उस दिन मुख्य दंड न्यायिक अधिकारी श्री पी.एल. सक्सेना खुश थे। जितने वे खुश थे, उतना ही हम अचंभित। श्री सक्सेना वर्तमान से निवर्तमान हो रहे थे। क्या यह उनके लिए खुशी की बात हो सकती थी। पहले वह कभी-कभी किसी बीमारी-आजारी में अवकाश लेते थे, अब उन्हें हमेशा के लिए स्थायी अवकाश पर भेजा जा रहा है, क्या यह उनके लिए प्रसन्नता का विषय हो सकता है?

हाँ, हम जानते हैं, श्री सक्सेना का स्वभाव ही कुछ ऐसा है। जब तक वह न्याय की कुरसी पर बैठे रहे, मुख्य दंड न्यायिक अधिकारी बने रहे, अकसर यही कहते रहे कि वह इस व्यवस्था के साथ एडजस्ट नहीं कर पा रहे हैं। उस शाम जब वह अवकाश प्राप्त करने के बाद अपने लॉन में जाड़ों की धूप सेंक रहे थे, हमसे बोले, "भाई, मोहनदासजी! आप तो हमारे जिगरी दोस्त हैं, हम सच-सच आपसे बताते हैं, जब तक हम ज्यूडीशियल मजिस्ट्रेट रहे, हमें ऐसा लगता रहा मानो हम पुलिस या दो प्रतिद्वंद्वी पक्षों के हाथों का 'टूल' हैं, एक हथियार हैं लोगों की आपसी रंजिशें निकालने और उन्हें सिद्ध या रद्द करने का। अब अवकाश प्राप्त किया तो सुख से हैं।" कुछ देर रुककर वह फिर बोले—"आप मानें या न मानें, मोहनदासजी। हमारे यहाँ हर चीज का दुरुपयोग होता है। सदुपयोग तो होता ही नहीं किसी चीज का। अब आपसे क्या बताएँ

हम कि किस-किस चीज का दुरुपयोग नहीं होता है यहाँ! वादीगण कानून का दुरुपयोग करते हैं, अफसर अपने अधिकारों का दुरुपयोग करते हैं। सत्ताधारी सत्ता का दुरुपयोग करते हैं, कर्मचारी ड्यूटी के समय का दुरुपयोग करते हैं और हद तो यह है, मोहनदासजी, कि पतिदेव पत्नियों का दुरुपयोग करते रहते हैं और कोई भी उनकी पूँछ का बाल टेढ़ा नहीं कर पाता।''

''आप सच कहते हैं,'' हमने अवकाशप्राप्त न्यायिक दंड·अधिकारी की 'हाँ' में 'हाँ' मिलाई। अब यही देखिए ना कि रीति-नीति बनानेवाले तक शब्दों तक का दुरुपयोग करने से नहीं चूकते, सेवानिवृत्ति को अवकाशप्राप्ति कहा जाता है। एक ऐसी स्थिति को, जिसमें कुछ भी प्राप्त नहीं होता, बल्कि जो प्राप्त है उसे भी गँवा दिया जाता है, कहते हैं अवकाश प्राप्त करना। मजाक नहीं लगता यह सब। तभी तो भाई कबीराजी ने कहा था—

रंगी को नारंगी कहें, नकद माल को खोया।
चलती को गाड़ी कहें, देख 'कबीरा' रोया॥

श्री सक्सेना उक्त पंक्तियाँ सुनकर थोड़ा हँसे, बोले, ''लोगों के इस व्यवहार पर रोने के अलावा और किया ही क्या जा सकता है? लेकिन हम अवकाश प्राप्त करने पर रोए नहीं, हँसे। वाकई हमें लगा जैसे हमें वह चीज प्राप्त हुई जो आज तक प्राप्त नहीं हुई थी, यानी छुट्टी, मुस्तकिल छुट्टी! आप तो जानते ही हैं, मोहनदासजी, कि न्यायिक दंड अधिकारी थे, और हमारा मुख्य काम था दंड देना। दंड देना अपराधियों को, चोरों-उचक्कों को, उठाईगीरों को, बदमाशों और हत्यारों को। पर हम दंड में नहीं, क्षमा में विश्वास करते रहे। क्यों, हम आपको बताते हैं।''

कुछ क्षण चुप रहकर श्री सक्सेना फिर बोले, ''हमारा पक्का अनुमान रहा है कि नब्बे प्रतिशत मुकदमे जो विभिन्न धाराओं के अंतर्गत अदालतों में लाए जाते हैं, बनावटी, झूठे और फर्जी होते हैं। आपसे बताया था कि कानून का जितना दुरुपयोग हमारे देश में होता है, उतना शायद ही कहीं होता हो।

''जब तक मुख्य दंड अधिकारी रहे, निरंतर ऐसा लगता रहा कि

मानो हम दो पक्षों के बीच की दुश्मनी निकालने का माध्यम मात्र हों, अथवा पुलिस के हाथ का 'टूल' हों। आबकारी एक्ट की धारा २५, अवैध शस्त्र अधिनियम की धारा ६०, हत्या के इरादे से हमलावर होने की धारा ३०७ तथा और भी कितनी ही ऐसी धाराएँ हैं, जिनका दुरुपयोग या तो वादीगण अपने विरोधियों से दुश्मनी निकालने के लिए करते हैं, अथवा पुलिस अपनी स्वार्थसिद्धि के लिए, या फिर दोनों मिलकर। इसमें आप चाहें तो दहेज विरोधी अधिनियम को भी जोड़ सकते हैं।''

बात हलके-फुलके ढंग से चलकर काफी गंभीर हो गई थी। श्री सक्सेना का विचार था कि नब्बे प्रतिशत मुकदमे या तो पुलिस प्लान करती है या वादीगण अपनी दुश्मनी निकालने के ठोकते हैं अदालत में।

''एक बार तो गजब ही हो गया,'' श्री सक्सेना कोई पुरानी घटना याद करते हुए बोले, ''एक व्यक्ति ने अपने विरोधी को फँसाने के लिए स्वयं अपनी पिंडली में तमंचे से गोली मार ली और धारा ३०७ के अंतर्गत थाने में रिपोर्ट लिखा सरकारी अस्पताल के डॉक्टर से जाँच-सर्टिफिकेट लेकर आ धमका अदालत में····कानून के ज्ञाता वकील उसके सहायक। बताइए, ऐसे में मुख्य दंड अधिकारी क्या करेगा, व्यक्ति घायल है, सबूत और साक्ष्य उसके पक्ष में हैं, तब····तब····बताइए, मोहनदासजी, अदालत क्या कर सकती है? विरोधी से दुश्मनी निकालने में उसकी मदद ही करेगी ना····न्यायाधीश तो कानून की पुस्तक, सबूत और साक्ष्य से बँधा होता है।

'' '····अबे स्साले! बाँस की भीगी हुई चम्मच से दो-चार जड़वा ले नंगी पीठ पर····फिर मैंने जानी या अदालत ने जानी, ससुरे को जेल न भिजवा दिया तो मुँह नहीं दिखाऊँगा कोर्ट-कचहरी में!' वकील अपने मुवक्किल को थपकी देता है। यह मुवक्किल, जिसकी मामूली कहा-सुनी किसी से किसी साधारण मामले को लेकर हो गई है। बस, फिर क्या था, वकील साहब ने सलाह दी, वादी को रंजिश निकालने का इससे बेहतर रास्ता कोई और नहीं सूझा। वकील साहब ने नंगी पीठ पर धड़ाधड़ पाँच-सात बेंत लगाए, पुलिस में घूस देकर रिपोर्ट लिखाई, डॉक्टर से नोट झाड़कर चोटें दर्ज कराईं। मुकदमा तैयार। रहे गवाह, तो गवाहों का क्या है जी, अपने प्यारे भारत देश में, कुछ और मिले न मिले,

मुरदे को कफन और मुकदमे को गवाह तो मिल ही जाता है। अब रंजिश में फँसाए गए साहब जो हैं, जेल तो जाएँगे ही; क्योंकि सबूत और साक्ष्य उनके विरुद्ध गए हैं····तो क्यों, मोहनदासजी, न्यायिक दंड अधिकारी दो पक्षों के बीच की रंजिश निकालने का माध्यम बना कि नहीं बना?"

बात आश्चर्यजनक थी, लेकिन सच थी।

"अब यह है ना दरोगा गैंडासिंह," श्री सक्सेना ने खाकी वरदी डाटे सामने से आ रहे एक पुलिसवाले की ओर इशारा किया। बोले, "इस दरोगा गैंडासिंह ने, भगवान् झूठ न बुलवाए तो, कम-से-कम सत्तर मुकदमे हमारी अदालत में दायर किए होंगे, अवकाशप्राप्ति के दिन तक····। उनमें से कितने सच्चे हैं, इसका हाल तो ईश्वर ही जानता होगा या दरोगा गैंडासिंह।" श्री सक्सेना ने आदमी भेजकर गैंडासिंह को सड़क से खींच बुलवाया। बातों का आदान-प्रदान जारी रहा।

"क्यों भाई, दरोगा गैंडासिंह! वह जो तुमने लास्ट में एक अभियोग दाखिल किया था, एक व्यक्ति के पास से एक देसी तमंचा और दो जीवित कारतूस बरामद होने का, अवैध शस्त्र अधिनियम के तहत, क्या सचमुच यह बरामदगी हुई थी?"

दरोगा गैंडासिंह अपनी लंबी-घनी मूँछों के बीच हँसा। बोला, "बरामदगी तो हुई थी, हजूर, सरकारजी, पर कैसे हुई थी यह मत पूछो जी····"

"अरे बताओ तो, गैंडासिंह। अब हम कोर्ट पद पर थोड़े हैं, अवकाशप्राप्त हैं।" श्री सक्सेना ने निश्चिंत भाव से दरोगा गैंडासिंह को तसल्ली देते हुए कहा। दरोगा गैंडासिंह बत्तीस दाँतों की बत्तीसी खोलकर हँसा। बोला—"वह बात यह थी, सरकार, वह जो गाँव है ना डूँगरवाला गैर आबाद, वहाँ एक सज्जन प्रकाशवीर, बड़े ही भले आदमी हैं, साब, अपन का उठना-बैठना है उधर। क्या हुआ, अब हम आपको सुनाते हैं यह किस्सा····"

हम और निवर्तमान सी.जे.एम. सतर्क होकर बैठ गए। दरोगा गैंडासिंह बोला, "वह बात यह हुई, सरकार, कि इसी गाँव में यह छोकरा भी रहता है जो इस मुकदमे का अभियुक्त है, भोलाराम, पुत्र केदारनाथ, जाति ब्राह्मण, उम्र पच्चीस वर्ष, निवासी ग्राम डूँगरवाला गैर आबाद।"

दरोगा ने अपनी आदत के अनुसार कानून की भाषा का उपयोग, बल्कि दुरुपयोग किया, और अपना बयान जारी रखा, "तो सरकार, घपला यह हुआ कि लौंडा प्रकाशवीर की छोकरी पर रीझ गया। दोनों ओर से आँख लड़ी, जवान जोड़ा था, बस, बँध गया प्रेम की डोर में····और वह तो आप जानते ही हैं, सरकार, कि इश्क और मुश्क छुपाए नहीं छुपा करता है, बात निकली तो प्रकाशवीर के कानों तक भी पहुँची।

"बहुत दिन तो वह मामले को दबाए रहे, सरकार, बिटिया को समझाया, छोकरे को धमकाया; पर जवानी की चढ़ी उतरती कहाँ है, सरकार! दुखी हो गया प्रकाशवीर तो एक दिन अपने से बोला, 'यार गैंडासिंह, कुछ करो, नहीं तो सारी इज्जत-आबरू दाँव पर लग गई है मेरी····बिटिया तो हाथ से जावेगी ही, साथ में मान-सम्मान भी।' हमने प्रकाशवीर की विपदा सुनी तो उसके कंधे पर हाथ धर के बोले, 'चिंता क्यों करता है, प्रकाशवीर, गैंडासिंह चुटकी बजाते ही वह दाँव मारेगा कि न रहेगा बाँस, न बजेगी बाँसुरी; यानी एक ही झटके में गोली अंदर, दम बाहर····'

"प्रकाशवीर डर गया, 'अरे मैं गोली मारने को थोड़ी कह रहा हूँ, गैंडासिंह। कुछ ऐसा करो, भाई मेरे, कि साँप तो मर जाए, पर लाठी न टूटे····'

" 'ऐसा ही होगा, प्रकाशवीर, ऐसा ही होगा।' हमने उसे तसल्ली दी, सरकार, और बोले, 'पर कुछ पैसा खर्च करना पड़ेगा, प्रकाशवीर।' सो, सरकार, अब आपसे झूठ क्यों बोलें, उसने पाँच हजार रुपए पकड़ाए हमारे हाथ में और बस, सरकार, अपन ने अगले ही दिन मामला गाँठ दिया।"

"कैसे, गैंडासिंह, कैसे?" हमने शेष मामला भी जानने की उत्सुकता दिखाई····।

दरोगा गैंडासिंह बोला, "अरे भैया! भाँपनेवाले तो उड़ती चिड़िया को भाँप लेते हैं, समझदार आदमी को एक बात और समझदार घोड़े को एक चाबुक काफी होता है, वह जो किसी ने बोला है ना 'खत का मजमूं भाँप लेते हैं लिफाफा देखकर', तो भाँप जाओ, भैया, तुम भी····।" पर हम कोई पुलिसवाले तो थे नहीं, जो आगे का सारा मामला भाँप जाते।

बोले, "दरोगा गैंडासिंह, बताओ तो सही, आगे क्या हुआ?"

दरोगा एक बार फिर अपनी पूरी बत्तीसी खोलकर हँसा। बोला, "नहीं मानते हो तो सुनो। हमने रुपए जेब में डाले, घर पहुँचे, धंधे के एक स्थान से देसी तमंचा लिया, केवल दो सौ रुपए में, दो कारतूस प्राप्त किए, रस्सा-बेड़ी साथ ली और पहुँच गए गाँव में....। हम थे और दो कांस्टेबिल हमारे साथ।"

"फिर क्या हुआ?"

"हमने भोले को उसके घर से बुलाया, डूँगरवाला गैर आबाद से उसे लेकर थाने आ गए। भोले को अब तक यह पता ही नहीं था कि उसे थाने क्यों लाया गया है। अपन ने सारी कथा-कहानी थाना इंचार्ज से बताई, कुछ नोट उसकी जेब में ठूँसे। भोले को हवालात में बंद किया और रपट दर्ज हो गई....

" 'आज दिनांक २५ सितंबर को सायं सात बजे पुलिस पार्टी दरोगा गैंडासिंह के नेतृत्व में जब अपनी नियमित गश्त पर थी, तभी ग्राम डूँगरवाला गैर आबाद के जंगल में पहुँची। पुलिस पार्टी को एक युवक संदिग्ध परिस्थितियों में घूमता हुआ दिखाई दिया। पुलिस ने रोककर युवक की तलाशी ली तो उसके पास से एक अदद देसी तमंचा बारह बोरवाला और दो जीवित कारतूस बरामद हुए। पूछताछ करने पर अभियुक्त ने अपना नाम भोलेराम, पुत्र केदारनाथ, साकिन डूँगरवाला गैर आबाद बताया।' "

दरोगा गैंडासिंह कुछ क्षण रुककर बोला, "देसी तमंचा और कारतूस सील कर सबूत के तौर पर अदालत में पेश कर दिए गए और अभियुक्त को जेल भेज दिया गया। देखा आपने, कैसा दाँव मारा, साँप भी मरा और लाठी भी न टूटी। एक भले आदमी की इज्जत बच गई, अपन की पेटपूजा हुई और आशिकी का भूत भी उतरा अभियुक्त के सिर से।"

पूरा किस्सा सुनाकर दरोगा गैंडासिंह ने फिर अपनी बत्तीसी खोल दी और डंडा घुमाते हुए अदालत को जानेवाली सड़क पर मुड़ गया। अवकाशप्राप्त न्यायिक दंड अधिकारी श्री पी.एल. सक्सेना की ओर हमने देखा, वह निस्तब्ध बैठे थे। हमने चुप तोड़ी, "आपने ठीक कहा था, सक्सेनाजी।"

"ठीक नहीं, एकदम ठीक, सौ फीसदी ठीक।" श्री सक्सेना इस प्रकार बोले जैसे सचमुच उनके किसी स्विच पर उँगली रख दी गई हो····। बोले, "देखा, मोहनदासजी आपने! यह तो एक बानगी थी, बानगी; जो गैंडासिंह दिखा गया है आपको····। बेटी से प्रेम की रंजिश निकालने के लिए किस प्रकार एक पिता ने उसके प्रेमी को अवैध शस्त्र अधिनियम की धारा २५ के अंतर्गत फँसाया, पुलिस ने किस प्रकार उसकी सहायता की, अब अदालत इस रंजिश की पुष्टि करने-भर के लिए रह गई है ना····। हमने कहा था ना कि जितना दुरुपयोग कानून का हमारे यहाँ होता है, उतना शायद कहीं और होता हो!"

अदालतों को दुश्मनी निकालने का माध्यम बनाना छोड़ दें लोग तो हमारी न्याय-व्यवस्था कमर सीधी करके खड़ी हो सकेगी। अरे यहाँ तो हत्या तक के मुकदमे फर्जी ठोके जाते हैं, मारता कोई है, फँसाया किसी को जाता है। वह जो कहा है ना किसी दिलजले ने—

वाह रे हकीम, क्यों न तुझे दुनिया धावे।
फोड़ा कहीं और निकले, चीरा कहीं और लगावे॥

वह शायद किसी ऐसी ही व्यवस्था के लिए कहा गया होगा।

□

एक दिलचस्प गवाह का किस्सा

❀ रवींद्रनाथ त्यागी

पंडित जगराम चौबे हमारे गाँव के पुरोहित थे। सुबह-शाम मंदिर की सफाई करते, मूर्ति को स्नान कराते और पूजा-पाठ, आरती वगैरह का प्रबंध करते। रात को मंदिर में ही वे सो भी जाते थे। सारे जीवन में दो ही शौक थे—एक तो भगवान् शिव की उपासना करने तथा उनकी आरती गाने का और दूसरा भंग छानने का। भंग एक ऐसी चीज थी जो जाड़ों में उन्हें सर्दी से बचाती थी और गरमी में लू से। रह गई बरसात, सो वह बरसात ही क्या जिसमें बूटी न छनी। भंग और भक्ति के अतिरिक्त जो थोड़ा-बहुत समय इस क्षणभंगुर जीवन में बचता था, उसे पंडितजी खेती में लगाते थे। मंदिर के बाहर थोड़ी-सी धरती थी, जिसमें भंग तथा तंबाकू बोया जाता था। तीर्थयात्रा वगैरह के अवसर पर इन दोनों वस्तुओं को एक साथ चिलम में पीने से उनकी आत्मा की थकावट दूर होती थी। मेरे विचार में पंडितजी भंग को एक ऐसी ओषधि मानते थे, जिसका प्रयोग जुकाम से लेकर परिवार-नियोजन तक सफलतापूर्वक किया जा सकता था और इसका परिणाम यह था कि पंडितजी निस्संतान थे। वैसा होने का एक और कारण शायद यह भी था कि पंडितजी का विवाह नहीं हुआ था।

पंडितजी का खुशमिजाज जीवन अच्छा-खासा चल रहा था कि एक व्यतिक्रम आ गया। बात यह हुई कि गाँव के पटवारी मुंशी हरभजनलाल ने थाने में यह रिपोर्ट लिखवा दी कि चौधरी रामरिछपाल ने उनकी पत्नी पार्वती को छेड़ा है। रिपोर्ट के अनुसार यह पवित्र क्रिया मंदिर के अहाते

में ही संपन्न की गई थी और इसी कारण पंडितजी की गवाही का सारे मामले में काफी बड़ा मूल्य था। पटवारीजी ने पंडितजी के चरणों में सिर रखा और मुकदमा जीत जाने पर भंग की खेती के लिए एक बीघा अतिरिक्त धरती देने और रहट का कुआँ बनवाने का वायदा किया। पंडितजी को और क्या चाहिए था! तैयार हो गए। वे तो यही सोच रहे थे कि हर एक गवाही पर इतना इनाम मिलता है तो गाँव के और नौजवान पार्वती को क्यों नहीं छेड़ते? वारदात की उन्हें कोई जानकारी नहीं थी, यद्यपि रामरिछपाल के बारे में कुछ ज्ञातव्य आँकड़े उन्हें जरूर मालूम थे। बचपन से लेकर अब तक रामरिछपाल ने पंडितजी को दु:ख ही दिया था। अगर कभी भंग घोटने का सोंटा गायब है तो कभी उसे छानने का अँगोछा। और कुछ नहीं तो थोड़ा-सा धतूरा ही भंग में मिला दिया, जिसका प्रभाव पंडितजी के स्नायुमंडल पर विचित्र प्रकार का होता था। धतूरा खाते ही वे एकदम बहक जाते थे और एकदम उस व्यक्ति की तरह व्यवहार करने लगते थे, जिसने धतूरा खाया हो। हाँ, तो पंडितजी गवाही को तैयार हो गए। मुकदमे की तारीख लग गई और पंडितजी के नाम 'सम्मन' भी आ गया। रामरिछपाल को सारी कहानी का पता अब कहीं लगा, पर उसने हिम्मत न हारी।

मामला डिप्टीसाहब की अदालत में पेश होना था। हाकिम का नाम था सैयद चिरागअली। भले घर के बुजुर्गवार किस्म के इनसान थे, जो तहसीलदार से तरक्की पाकर हाकिम परगना हुए थे। अवकाश प्राप्त करने में कुछ ही महीने बाकी थे, जिन्हें उन्होंने सिर्फ तारीखें लगा-लगाकर काटने का फैसला कर रखा था। ग्यारह बजे के करीब कचहरी तशरीफ़ लाते थे और दोपहर को आराम फरमाते थे। दफ्तर में हुक्का रखा जाता था और इजलास के बाद उसे गरम किया जाता था। एकाध अर्दली आग वगैरह के इंतजाम में जुटे रहते थे। धर्म के मामले में डिप्टीसाहब उदार वृत्ति के व्यक्ति थे और गाने-बजाने का शौक रखते थे। गाहे-बगाहे उनके यहाँ मुजरा वगैरह भी होता रहता था।

पटवारीजी पंडित जगराम को लेकर सुबह-ही-सुबह अपने वकील के यहाँ गए। वकील ने पंडितजी को काफी सुलझा हुआ व्यक्ति पाया। फिर भी उसने उन्हें थोड़ी-बहुत सलाह दी और चलते वक्त यह भी कहा

कि अदालत में हाकिम से डरना हरगिज नहीं चाहिए। साँच को आँच कहाँ!

बाकी मुकदमों की तारीखें लगाते-लगाते जनाबेआला सैयद चिरागअली डिप्टीसाहब बहादुर को एक बज गया। इसके बाद जैसे ही पंडितजी अपनी गवाही के मूल सूत्र शायद पचासवीं बार मन में दोहराकर हनुमान चालीसा से उसका समापन कर रहे थे—अदालत में लंच हो गया। वकील साहब ने घर की राह ली और पटवारी हरभजनलाल ने कचौरियों के पैसे पंडितजी के हाथ पर रखे। पंडितजी ने पैसे अँगोछे में बाँधे और इधर-उधर निगाह दौड़ाई, जहाँ बैठकर थोड़ा-बहुत भंग का सेवन किया जा सकता। सुबह से आत्मा प्यासी थी। तहसील की तरफ निकले तो देखते हैं कि खजाने के बाहर बरगद के नीचे रामरिछपाल के नौकर भंग घोट रहे हैं। ननकू बोला, ''पंडितजी, पाँयलागूँ। किस चक्कर में पड़ गए, महाराज? आज तो बूटी भी नहीं छनी! उठ रे, पंडितजी को आसन दे, झगड़ा तो मालिक से है, न कि हमसे।'' गरज यह कि 'लंच' की सारी अवधि भंग की सेवा में बिना किसी बाधा के व्यतीत हुई। पहले भंग की गोलियाँ खाई गईं, फिर ठंडाई का पान हुआ और फिर भंग-पड़ी कचौरियों का सेवन किया गया। तृप्त होने के बाद पंडितजी विश्राम के लिए डिप्टीसाहब की अदालत के बरामदे में एक बोरे पर लेट गए। भंग में मिले धतूरे ने अपना पुश्तैनी काम दिखाना शुरू किया ही था कि इजलास के अर्दली ने उनके लिए हाँक लगा दी—''पंडित जगराम चौबे हाजिर हों···ऽ···ऽ···ऽ···!''

''अबे, पागल है क्या? इतना क्यों चिंघाड़ता है? हम कहीं जिला छोड़कर भाग गए क्या, यहीं तो लेटे हैं। और कुछ कामधंधा नहीं तो लगा बिना बात गला फाड़ने···'' कहते-कहते पंडितजी ने अपना बलिष्ठ हाथ नंबर एक उस दुबले-पतले अर्दली के कंधे पर रखा। हाथ के वजन से अर्दली तो धराशायी होते-होते बचा और पंडितजी नशे में धुत्त इजलास में दाखिल हुए। अंदर कदम रखते ही स्थिति की गंभीरता का उन्हें पूरा-पूरा अहसास हो गया, मगर इल्लत यह थी कि एक तो उनका जिस्म बुरी तरह टूट रहा था और दूसरे उन्हें यह कतई याद नहीं रहा था कि अदालत आए हैं तो क्यों आए हैं।

आखिर पंडितजी का नंबर आया और वे गवाहों के कटघरे में खड़े

किए गए। अदालत के एक अदना-से कर्मचारी ने उनका नाम पूछने की गुस्ताखी की, जिसे उन्होंने डाँट दिया। कसम वगैरह खाई ही थी कि डिप्टीसाहब ने चश्मा पोंछते हुए सवाल किया, "आप इस मामले के बारे में क्या जानते हैं?"

"कौन-सा मामला?"

"वही, पार्वतीवाला।"

"कौन-सी पार्वती?"

"मुसम्मात पार्वती—पटवारी हरभजन की..."

"अच्छा, हर-भजन...हरि को भजे सो हरि का होई...हरभजन से अच्छी कोई चीज नहीं, सरकार...उलटा नाम जपत जग जानू, बाल्मीकि भे ब्रह्म समानू..."

गाड़ी पटरी से इस तरह उतरते देख पटवारीजी के वकील की अक्ल चकराने लगी। यही व्यक्ति सुबह के वक्त कितनी संजीदगी से बातें कर रहा था और अब एकदम भक्तिकालीन समीक्षक की भाँति उद्धरण देने की धुन में है। उसने पंडितजी की तरफ घूरकर देखा। यह होना था कि पंडितजी और भी बहक गए। उन्हें खयाल आया कि इन हजरत को कहीं देखा है—जरूर देखा है—मगर कहाँ देखा है यह याददाश्त के बाहर की बात है। फौरन बोले, "ओ रे बाबू, हमने तुम्हें पहले भी कहीं देखा है!"

"आज सुबह आप मेरे दफ्तर में आए थे।"

"नहीं, आज नहीं। आज तो हम दिशा-कर्म के बाद तुरंत अदालत चले आए। आज तो, बाबू, खड़े-खड़े जीभ सूख गई। हाँ, तो बताओ न बाबू, तुमसे पहले कहाँ भेंट हुई?"

मामले को सही रास्ते पर डालने की कोशिश करते हुए डिप्टीसाहब ने पूछा, "पंडित जगराम चौबे आप ही का नाम है?"

"एकदम सच्ची बात, हुजूर! ऐसी बात, सरकार, हमें बहुत पसंद है। लोग तो यूँ ही कहते हैं कि अदालतों में भी झूठ बोला जाता है।"

"रामरिछपालसिंह को आप जानते हैं?"

"हाँ सरकार, हम इन्हें भी जानते हैं, इनके बाप को भी जानते हैं। इनकी शादी में, सरकार, बरात नाव पर गई थी। शादी में तीनों वक्त लालफूल के कद्दू का साग बना था; और हाँ सरकार, रायते में मिर्चें बहुत

ज्यादा थीं। इतनी ज्यादा कि…"

"इसका चाल-चलन कैसा है?"

"किसका, सरकार?"

"रामरिछपाल का।"

"बहुत बढ़िया, सरकार। यह तो बिचारा औरों की औरतों को क्या, अपनी बीवी को भी माता की तरह देखता है। सरकार, बात यह है कि इसकी पतुरिया की उमर इससे कोई दस साल जास्ती है। शादी धोखे से की गई थी। बरात में हम लोग गए थे। रायते में मिर्च इतनी ज्यादा डाली गई थी कि…"

डिप्टीसाहब ने पंडितजी को ठीक तरह बातें करते देख वकील को इशारा किया कि आगे बढ़ा जाए। वकील ने पूछा, "पार्वती के बारे में आप क्या जानते हैं?"

"पार्वती को कौन नहीं जानता, हुजूर! वे तो देवी हैं। पहाड़ पर रहती हैं। उनके पति साँप पालते हैं।"

"क्या कहा, साँप पालते हैं?"

"जी, सरकार। सुना नहीं आपने—'साँड़ की सवारी करे, भंग और धतूरा पिए, सिर पर वो गंग धरे'—और हाँ सरकार, यह कहानी सुनी है आपने कि एक दिन पार्वती अपने पति के साथ साँड़ पर बैठी हुई कहीं जा रही थी। रास्ते में कुछ लोग मिले…"

"बेकार की बातें बंद कीजिए। मुसम्मात पार्वती के बारे में आप क्या जानते हैं?"

"सरकार, गुस्सा क्यों होते हैं? धीरे-धीरे ही तो सारी बातें बतलाएँगे। अच्छा तो लो, साँड़ की कहानी फिर कभी सुनाएँगे। हाँ, तो पार्वती के बारे में सुनिए। पार्वती दक्ष की लड़की है और महादेव की पत्नी। इनके दो पुत्र हैं, जिनमें से एक का नाम है गणेश। ये, सरकार, चूहे की सवारी करते हैं। हुजूर, सारी दुनिया ने सवारी बदल दी और आप भी टमटम छोड़कर मोटर पर चलने लगे, मगर गणेशजी ने अपना वाहन नहीं छोड़ा। वही चूहा, सरकार…एक बात पूछ लूँ, हुजूर?"

"क्या?" डिप्टीसाहब बोले।

"सरकार, चूहे की उम्र क्या होती होगी? सवारी में कोई एक ही

चूहा थोड़े ही चल रहा होगा अब तक?''

अब अदालत में यह स्थिति थी कि सिवाय पटवारी हरभजन के सारे लोग इस गवाही में दिलचस्पी ले रहे थे कि चलो, एक ही गवाह शाम तक को काफी है। इससे पहले कि कोई और सवाल पूछा जाए, पंडितजी ने आँखें मीचकर मधुर स्वर में गाना शुरू किया : 'जय गणेश देवा···माता उनकी पार्वती, पिता महादेवा···फूल चढ़े, पत्ती चढ़े और चढ़े मेवा···'

''देखिए, आप यहाँ आरती न पढ़िए···''

''लड्डू का भोग लगे, संत करें सेवा···'' और इसके बाद उन्होंने इतने भावविभोर होकर गणेशजी की वंदना की कि समाँ बँध गया।

संगीतप्रिय डिप्टीसाहब ने पंडितजी को एक प्रशंसक की निगाह से देखा। पंडितजी हाथ जोड़कर उन्हें देखने लगे।

''तुम गाते अच्छा हो।'' डिप्टीसाहब बोले, ''हालाँकि नशे की हालत में तुम्हें अदालत में आना नहीं चाहिए था! यह जुर्म है।''

''धन्य हैं, सरकार, धन्य हैं। सरकार, आपका नाम चिरागअली किसने रखा है? आपको तो, सरकार, लालटेनअली कहना चाहिए। आप तो, सरकार, सभी कुछ जानते हैं। अच्छा तो हम अब चलते हैं, कुछ विश्राम करेंगे। साँड़वाली कहानी फिर कभी होगी···''

इसके बाद पंडितजी नीचे उतरे और पटवारीजी के वकील की ओर देखते हुए बोले, ''बताओ न बाबू, आखिर तुम्हें देखा कहाँ है?''

□

पान ठेले पर न्याय की प्रतिमा

❀ लतीफ घोंघी

पान ठेले पर कानून की प्रतिमा देखकर मुझे इसलिए अच्छा लगा कि चालीस साल की आजादी के बाद अब पान बेचनेवाले आम आदमी के मन में भी न्याय-व्यवस्था के प्रति आदर की भावना जाग्रत होने लग गई है। जिस आदमी ने पहली विधानसभा चुनाव के साथ ही चूना लगाने का व्यवसाय प्रारंभ किया था, कम-से-कम आज इस स्थिति तक तो आ गया था कि वह प्रचारित कर रहा था कि अपने देश का कानून अभी भी आँखों पर काली पट्टी बाँधकर, हाथ में तराजू लेकर पान ठेले पर खड़ा है। मुझे कुल मिलाकर अच्छा इसलिए भी लग रहा था कि अभी-अभी एक डॉक्टर साहब अपने पैसे से इसी दुकान पर मुझे पान खिलाकर गए थे और इसके बाद अनूप सेठ से लेकर मिलाप भाई तक जो भी पान की इस लाइन में आया, सभी ने मुझे पान खिलाने के मामले में आदर ही दिया। अब यह इस न्याय-प्रतिमा का प्रभाव था या किसी दूसरी वस्तु का, यह तो बाद में ही पता लगेगा।

इस पान ठेले पर एक ज्योति-पुंज भी रखा था। आंचलिक भाषा में इसे चिमनी कहते हैं। न्याय-प्रतिमा के साथ इस ज्योति-पुंज का औचित्य जानने के लिए मैंने पानमंत्री से पूछा—"क्यों दादा, ये चिमनी दिन में भी जलाकर क्यों रखते हो? मेरा खयाल है कि अपने देश में अभी इतना अंधकार तो नहीं है कि दिन में भी रोशनी की जरूरत पड़े। क्यों?"

अब आप यह सोच रहे होंगे कि मैंने उसे पानमंत्री क्यों कहा?

इसके पीछे मेरी भावना केवल आदर की है। हमारे यहाँ जो मंत्री हो जाता है, उसे लोग आदर देना शुरू कर देते हैं। मंत्री के आगे लगनेवाले शब्द का महत्त्व गौण हो जाता है। जैसे जेलमंत्री। अब आप ही बताइए कि जेल जिस आदमी के साथ जुड़ी हो उसे आदर देने को मन कैसे करेगा? लेकिन हम तो देते हैं। उसी तरह यदि किसी पान ठेले के स्वामी के आगे पान लग जाए और उसके बाद यदि मंत्री लगा दें तो इसमें आश्चर्य की क्या बात है! मंत्री तो वह इस जन्म में बन ही नहीं सकता और यदि हमने उसे पानमंत्री कह ही दिया तो विधानसभा की कौन-सी गरिमा नष्ट हो गई! फर्क केवल चूना लगाने का है। मैं समझता हूँ कोई बहुत बड़ा फर्क नहीं है यह।

मेरा प्रश्न सुनकर उसने पहले तो मुझे गौर से देखा कि यह आदमी आखिर है कौन? उसने सोचा होगा कि अभी तक तो दूसरों के पैसों का पान खाता रहा और अचानक देश और अंधकार की बातें कैसे करने लगा। उसका इस तरह देश के चिंतन में गंभीर हो जाना मुझे भी अच्छा ही लग रहा था। मैंने सोचा कि मेरे प्रश्न के उत्तर में वह या तो सबसे पहला शब्द राजीव गांधी कहेगा या बिलकुल कपिल या अमिताभ पर उतर आएगा। मैं भी यही मानता था कि जहाँ आज देश की बात होगी उसके पीछे चाहे और कोई रहे या न रहे, ये तीन लोग तो रहेंगे ही। आजादी के बाद इससे बड़ी उपलब्धि हमारे लिए आज क्या हो सकती है कि पान ठेलेवाला भी वहीं से शुरू करता है।

अंधकार और प्रकाश के इस समीकरण पर गहन मनन करने के बाद उसने कहा, ''बात दरअसल यह है कि आजादी के बाद अपने यहाँ काड़ी मारनेवालों की संख्या में बड़ी वृद्धि हुई है। एक माचिस की हालत यह होती है कि उसकी दस-बीस तीलियाँ ही काम में आती हैं, शेष लोगों की जेबों में चली जाती है।''

मैंने कहा, ''आप इन काड़ी मारनेवालों की सूची अपनी दुकान में क्यों नहीं टाँग देते! इससे कम-से-कम अपने देश में पनप रही इस प्रवृत्ति में कुछ गिरावट आएगी। क्यों?''

वे बोले, ''पान ठेले पर प्रतिष्ठित लोगों को टाँगना मुझे अच्छा नहीं लगता। लोगों की कुछ बातें छिपी रहें तो उनकी प्रतिष्ठा हमेशा बनी रहती

है। आज मैं उनकी लिस्ट टाँग दूँगा, विधानसभा में अनेक प्रश्न एक साथ उठ जाएँगे। एक पानवाला होकर मैं नहीं चाहता कि विधानसभा में किसी प्रकार का हंगामा इस काड़ी को लेकर हो।''

मैंने यह महसूस किया कि यह आदमी बिलकुल मंत्रियों की तरह बात करता है। यह इस देश का दुर्भाग्य है कि उसके हाथ कत्थे से रँगे हैं। ये हाथ तो देश की किसी भी कल्याणकारी योजना का उद्घाटन कर सकते हैं। सच पूछा जाए तो मुझे मंत्री के हाथों में और इस पानवाले के हाथों में कोई फर्क नजर नहीं आ रहा था।

इस बीच उसने कई लोगों को निपटा दिया था। मैं जब बहुत देर तक उसके पान ठेले पर खड़ा रहा तो शायद उसने मेरे बारे में कोई बहुत अच्छी धारणा नहीं बनाई होगी, ऐसा मुझे लग रहा था। इस बीच मेरी भी इच्छा हुई कि अपनी जेब में बचा एक दस का नोट निकालकर पान खा ही लूँ, ताकि उसकी भी गलतफहमी दूर हो जाए कि पान खाने के मामले में मैं भी आत्मनिर्भर हूँ। बीड़ी-सिगरेट तो मैं पीता नहीं था, इसलिए काड़ी मारनेवालों की सम्माननीय सूची में मेरा नाम दर्ज होने का प्रश्न ही नहीं था। एकाएक दस का नोट तुड़वाने की अभी भी मेरी हिम्मत नहीं होती।

मैं इतनी देर पान ठेले पर इसलिए भी खड़ा था कि मुझे पान ठेले में रखी इस न्याय-प्रतिमा पर व्यंग्य लिखना था। मैं गहराई में जाकर पानवाले की मानसिक विसंगतियों का विश्लेषण भी करना चाहता था। रात के साढ़े दस बजने को थे और अब जो भी ग्राहक इस दुकान में आ रहे थे, वे अपने साथ मीठे मसालेवाला एक पान भी बँधवाकर ले जा रहे थे। कुछ मामलों में यह पान ठेला प्रसिद्ध भी है और उसमें एक मीठे मसालेवाला पान भी है। कभी-कभी वह इसपर चाँदी का वर्क भी लपेट देता है, लेकिन बहुत ही खास बात होने पर।

मैंने पूछा, ''इस मूर्ति की आँखों पर काली पट्टी क्यों बँधी है?''

उसने कहा, ''यह तो मुझे नहीं मालूम, लेकिन सुना है कि कानून अंधा होता है। लेकिन अपने को इससे क्या! बीस रुपए में मिल रही थी तो मैंने खरीद ली। आज ही तो खरीदी है।''

''तुम्हें जो आबादी जमीन का पट्टा मिला था, उसका क्या हुआ? कब्जा मिल गया?''

उसे आश्चर्य तो हुआ कि यह बात मुझे कैसे मालूम पड़ गई, लेकिन उसने बहुत ही संयत ढंग से जवाब दिया, "हाँ, पट्टा तो मिल गया, लेकिन बहुत चक्कर लगाना पड़ा। ले-दे के जम गया काम। लेकिन पड़ोसवाला रास्ते के लिए झंझट डाल रहा है। कानून से तो निपट गया, लेकिन इससे निपटना मुझे भारी पड़ रहा है।"

"जब कब्जा मिल गया तो फिर क्या परेशानी है! पटवारी ने जमीन नापकर दी होगी? मेरा मतलब है कि डिमार्केशन तो हो ही गया होगा?"

"सबकुछ हो गया है। लेकिन भले आदमी को कौन समझाए! लगता है, अदालतबाजी हो जाएगी इसी बात पर।"

उसका कहने का लहजा ऐसा था कि भले आदमियों के कारण ही देश की न्याय-व्यवस्था सक्रिय है। रास्ते का लफड़ा हर जगह है। जिसे रास्ता नहीं मिलता वह हमेशा दुखी रहता है। रास्ते की सुविधा हर जगह झंझट पैदा करती है। मुझे लगा कि वह बहुत कुछ कहना चाहता है। लेकिन उसका दुकान बंद करने का समय हो गया था, इसलिए उसने पाटे पर लगी लाल रेक्सीन को गीले कपड़े से पोंछना शुरू कर दिया। फिर उसने तंबाकू और मसाले के डब्बों को एक निश्चित स्थान पर रखने का काम प्रारंभ किया।

मेरी इच्छा हो रही थी कि अब चला जाए। जाते-जाते मैंने फिर एक बार न्याय की प्रतिमा की ओर देखा। प्रतिमा के हाथों में जो तराजू था, उसका एक पलड़ा झुका हुआ था।

मैंने उससे पूछा, "तराजू का एक पलड़ा झुका हुआ क्यों है? तुमने तो नहीं झुका दिया?"

वह हलके से मुसकराया, फिर दुकान बंद करने लगा।

□

बाकी बातें अदालत में होंगी

❁ लतीफ घोंघी

सौ साल बाद की यह पहली सुबह थी। सूरज हमेशा की तरह पूरब से ही निकला था। पश्चिम की ओर जाने की रफ्तार भी कमोबेश वही थी। अलबत्ता सड़कों पर सिगरेट और बीड़ियों के बुझे हुए टुकड़े अधिक थे। शराब की दुकानें पहले से अधिक थीं।

माँ ने आरती उतारकर कहा, "बेटे! पहली बार अदालत जा रहा है। जरा सँभलकर चलना। तेरे पिता भी इसी तरह एक बार गए थे तो पूरे सात साल बाद लौटे। सुना है, इन दिनों अदालत के आसपास चोर और लुटेरे बहुत हो गए हैं। तू किसी अच्छे काले कोटवाले को पकड़ लेना।"

आरती उतारने की परंपरा भी वही थी।

वे लगभग पिता के पदचिह्नों पर चल रहे थे। अदालत नहीं जाते, लेकिन क्या करें, एक श्रद्धालु महिला की कृपा हो गई। वे महिलाओं की आर्थिक स्थिति सुधारने के चक्कर में इस लफड़े में फँस गए थे। पारिश्रमिक की राशि से असंतुष्ट होकर महिला ने मोहल्लेवालों को मदद के लिए बुला लिया था। इस तरह की पुरुष-प्रेरित दुर्घटनाओं में मोहल्लेवालों की भागीदारी की प्रक्रिया यही रहती थी कि पहले जो मौके पर मिला, उसकी पिटाई करो और महिला पर अपना प्रभाव स्थापित करो। जाने भविष्य में कब कोई सुअवसर प्राप्त हो जाए! इसके बाद पुलिस को बुलाने और अपराधी को उसके हवाले करने का रिवाज भी वही था। पुलिस सौ साल पहले का स्तर आज भी बनाए हुए थी; बिलकुल सूरज की तरह, जो आज भी पूरब

से ही निकल रहा था।

लेकिन भारतीय दंड विधान पहले की तरह नहीं था। अब इसमें बारह सौ धाराएँ होती थीं। यदि आप किसी चौराहे पर जोर से खाँस भी देते तो पुलिस आपको पकड़कर पुलिस चौकी ले जाती थी। चालान पेश करना या नहीं करना आज भी पुलिस की कृपादृष्टि पर ही निर्भर होता था। हाँ, इस कृपादृष्टि के भाव सौ साल पहले से बहुत अधिक बढ़े थे। बढ़ते पुलिस-मूल्यों को रोकना संभव ही नहीं था, क्योंकि इन मूल्यों के साथ मानवीय मूल्य भी जुड़े थे। बढ़नेवाली वस्तुओं में काले कोटवालों की भी आबादी थी। फौजदारी मामले बढ़े थे। देशी कट्टों की कीमतें बढ़ी थीं, आएदिन मरनेवालों की संख्या भी बढ़ी ही थी। कुल मिलाकर स्थिति संतोषप्रद थी।

उन्हें अदालत में अपनी जमानत करवानी थी।

प्रसन्नता की बात थी कि जमानतदारों की स्थिति सौ साल पहले जैसी नहीं थी। जमानत की सुविधा में काफी विकास हुआ था। अदालतों के सामने जमानतदार अपने नामों की तख्तियाँ टाँगकर बैठते थे। महिलाओं के साथ शारीरिक कूट-परीक्षणवालों को दस हजार की जमानत के आदेश अमूमन होते थे और दस हजार की जमानत देने के लिए जमानतदार का रेट केवल सौ रुपए था, जो बिलकुल अधिक नहीं था। इस बढ़ते उपक्रम में कूट-परीक्षण के मामले भी बढ़े थे। कभी-कभी जब हेल्दी सीजन चलता तो जमानत लेनेवालों के रेट भी बढ़ते थे, लेकिन डल सीजन में भी रेट सौ रुपए से नीचे कभी नहीं गिरा।

वे बस से उतरे।

बस से उतरते ही उन्हें दो काले कोटवालों ने पकड़ लिया। जिरहगिरी का व्यवसाय भी पहले की तरह नहीं था, जो आज से सौ साल पहले था। ऐसा नहीं था कि आपने डिग्री ले ली, ऑफिस खोलकर बैठ गए और लोग आने लगे मामले-मुकदमे लेकर। अब तो मामलेवालों को पकड़ने के लिए सुबह आठ बजे से दस बजे तक बस स्टैंड और रेलवे स्टेशनों पर बाकायदा काला कोट पहनकर ड्यूटी देनी पड़ती थी। मुवक्किलों को पकड़ना पड़ता था, उन्हें दो पहलवानों के संरक्षण में अपने ऑफिस तक भी लाना पड़ता और अदालत तक भी ले जाना पड़ता था। इसलिए पहलवानों की संख्या भी बढ़ी थी। शिक्षित बेरोजगार कॉलेज से निकलने के बाद पहलवानी

करते थे और अपने हाथ-पैर दुरुस्त रखते थे, ताकि उन्हें काम मिलता रहे। मामलेवाले को पकड़कर घर ले जाने तक मारपीट और छीना-झपटी की संभावना हमेशा बनी रहती थी।

जिन दो सज्जनों ने उन्हें पकड़ा था। उनमें से एक सज्जन ने कहा, "लगता है, आप अपने पिता और भाइयों से लड़कर आ रहे हैं...कोई बात नहीं। आप निश्चिंत रहिए। मैं बँटवारों के मामले में एक्सपर्ट हूँ। आपके हिस्से की एक-एक पाई आपको दिलाऊँगा। मेरे साथ चलिए।"

दूसरे सज्जन ने पहले सज्जन के परिवार की महिलाओं को याद किया और कहा, "इस आदमी पर मेरी नजर पहले पड़ी है, इसलिए प्रथम दृष्टि में इसपर मेरा हक बनता है। मैं फौजदारी करता हूँ और इनका चेहरा देखकर ही समझ गया था कि इन्हें भारतीय दंड विधान की किसी धारा का लाभ दिलाने में इनकी मदद करने का अधिकार पूर्णतः मेरा ही बनता है। आप इन्हें छोड़ दीजिए।"

इसके बाद दूसरे सज्जन ने आदरपूर्वक उनका हाथ पकड़ा और सम्मानजनक ढंग से उन्हें घसीटते हुए बोले, "आप इनके चक्कर में न आएँ, श्रीमान...मेरी सभी साहबों से पटती है। मैं तो रोज उनके साथ लेता हूँ। आप यदि किसी का मर्डर करके भी आए हों तो चिंता नहीं न कीजिएगा...चलिए मेरे साथ...आपको कोई कष्ट नहीं होगा।"

पहले सज्जन के लिए यह प्रतिष्ठा का प्रश्न था तथा इस तरह के प्रतिष्ठावाले प्रश्नों से निपटने की तैयारी उनकी पूरी थी। इसके पहले कि वे कुछ कहते, तीन हट्टे-कट्टे नौजवान अवतरित हुए। उनके सान्निध्य में पहले सज्जन ने ऊँची आवाज में कहा, "किसकी हिम्मत है जो इन्हें अपने साथ ले जाए...छोड़ दो इन्हें और माँ का दूध पिया हो तो आ जाओ मैदान में...इस मामले में हम तुमसे बहुत सीनियर हैं।"

दूसरे सज्जन थोड़ी देर के लिए चुप हो गए, क्योंकि उन्होंने बचपन में डब्बे का दूध ही पिया था, लेकिन उनके अंदर कोई छोटा-सा विश्वास जाग्रत होने लगा था कि आज इस बात का फैसला हो जाए कि प्रजातांत्रिक देश में डब्बे का दूध भी माँ के दूध से कम नहीं होता। वे थोड़ी देर के लिए ध्यानमग्न हो गए और इसीलिए पीछे हट गए कि माँ का दूध पीनेवालों की संख्या उन्हें अधिक नजर आने लगी।

पहले सज्जन ने अपनी मूँछों पर ताव दिया, जैसाकि वे पिछले कई सालों से देते आ रहे थे।

इस संवाद-प्रक्रिया में जो साहस नीचे गिर गया था, उसे बटोरते हुए दूसरे सज्जन ने कहा—"पहले इनसे तो पूछ लीजिए कि वे किसके साथ जाना चाहते हैं?"

पहले सज्जन ने जवाब दिया, "सौ साल पहले की बात करने से कोई फायदा नहीं...जिसके बाजुओं में ताकत है वह ले जाए इन्हें।"

दूसरे सज्जन ने काले कोट के अंदर लटकती अपनी बाँहों को तौला। उन्हें लगा कि ताकत कुछ कम पड़ेगी, इसलिए वे चुपचाप वहाँ से खिसक गए।

□

माँ ने कहा था कि जेब-पॉकिट से होशियार रहना, इसलिए उन्होंने एक बार पैंट की जेब में हाथ डालकर इस बात का पूरा विश्वास कर लिया कि उनकी जेबें सलामत हैं। इधर पहलेवाले सज्जन ने उन्हें अपने ऑफिस तक ले जाने की पूरी तैयारी कर ली। सज्जन आगे थे और उनके पीछे माँ के निर्देशानुसार वे चल रहे थे। दोनों अंगरक्षक भी सज्जन के साथ थे, ताकि सनद रहे और वक्त-जरूरत पर काम आएँ।

यह छोटा-सा विजय जुलूस जब काले कोटवालों के मोहल्ले से गुजरा तो पहलेवाले सज्जन ने अपना सीना पहले की अपेक्षा कुछ फुला लिया। कुछ नए जिरहजीवी युवा अपनी खिड़कियों से झाँककर देख रहे थे कि वह सौभाग्यशाली सज्जन कौन हैं जिन्होंने आज तीर मारा है। मन-ही-मन वे सोच रहे थे, 'हाय, आज हम क्यों नहीं हुए इस विजय जुलूस के नेतृत्व में।'

पहलेवाले सज्जन का मकान आ गया।

मकान छोटा था, लेकिन उसपर लगा हुआ बोर्ड काफी बड़ा था। सौ साल बाद भी जिरहगिरी के पेशे में निर्धारित बोर्ड लगाने का ही नियम था। यह नियम नहीं होता तो शायद लोग अपने मकानों से भी बड़े बोर्ड लगवाते।

देवनागरी में उनका नाम लिखा था। इससे आप समझ गए होंगे कि सौ साल बाद देवनागरी लिपि को, और साथ ही हिंदी को, नेमप्लेटों पर

स्थापित होने का दर्जा मिल गया था।

अब वे उनके दफ्तर में आ गए थे।

जिसे हम दफ्तर कह रहे हैं वह एक ऐसा कमरा था जिसमें प्रवेश करने के बाद निकलना मुश्किल था। इस कमरे में एक टूटी हुई बेंच, दो घायल कुरसियाँ और एक सजायाफ्ता टेबल था। सज्जन के बैठने के लिए एक स्टूल था। इस व्यवसाय में आने के बाद उन्होंने चैन से बैठने की कसम खा रखी थी, इसलिए वे स्टूल पर ही बैठना पसंद करते थे। कोने में एक अलमारी थी, जिसकी बनावट किसी मामले में बनाए गए वैधानिक उत्तराधिकारियों की तरह थी। उसके अंदर कानून की किताबें थीं या कल्याण जैसी कोई मोटी किताबें थीं, यह कहना मुश्किल है; क्योंकि यह अलमारी पिछले कई सालों से बंद ही थी। पूरे कमरे से एक अजीब-सी वैधानिक गंध या अंग्रेजी में कहें तो 'लीगल फ्लेवर' आ रही थी। कुल मिलाकर किसी काले कोटवाले का ही कमरा था और इसमें किसी प्रकार का कोई संदेह का लाभ देने की गुंजाइश नहीं थी।

कमरे में कुछ देर तक खामोशी रही।

वार्त्तालाप का शुभारंभ करते हुए सज्जन ने कहा, "कितने रुपए लाए हो?"

"सौ रुपए लेकर घर से चला था...बीस रुपए रास्ते में खर्च हो गए। बीस जाने में खर्च होंगे।"

"वापस जाने की जिम्मेदारी हमारी नहीं होती। शायद पहली बार आए हो?"

"जी हाँ, माँ ने कहा था..."

सज्जन बीज में ही बोले, "माँ ने क्या कहा था यह बाद में बताना, पहले अस्सी रुपए निकालो।"

"माँ ने कहा था..."

"ठीक है, बता दो क्या कहा था?"

"कहा था, किसी अच्छे काले कोटवाले को पकड़ लेना।"

"हमसे अच्छा काला कोटवाला पूरे देश में नहीं मिलेगा। हम खाते-पीते घर के हैं। ईमानदारी से काम करते हैं और ईमानदारी से पैसे वसूल करते हैं।"

"माँ ने कहा था···"

"हम जानते हैं, क्या कहा होगा। आपकी माँ के पति का मामला भी हमने ही लड़ा था।"

"अस्सी रुपए आपको दे दूँगा तो वापस कैसे जाऊँगा?"

"पैदल चलकर जाना। पैदल चलना स्वास्थ्य के लिए अच्छा होता है।"

"साठ ले लीजिए···मोहल्लेवालों ने इतना मारा है कि पैदल चलने में कष्ट होगा।"

"अच्छा, साठ ही निकालो।"

"मैं दूसरे काले कोटवाले के पास जाना चाहता हूँ।"

"एक बार यहाँ आने के बाद अब कुछ नहीं हो सकता। तुम्हें बस अड्डे पर ही बताना था।"

"आपने बताने का मौका ही कहाँ दिया!"

"तुमने देखा कि कितनी मारा-मारी चल रही थी···मौका देने का समय ही कहाँ था मेरे पास! तुम्हें यहाँ लाने में मेरे सौ रुपए खर्च हो गए। पहले सौ रुपए दो, फिर तुम्हारी बात पर विचार करेंगे।"

"सौ रुपए तो नहीं हैं···अस्सी रुपए हैं।"

"तब यहाँ से नहीं जा सकते।"

"फिर?"

"फिर क्या···निकालो साठ रुपए!"

□

और इसके पहले कि वार्त्तालाप आगे बढ़ता, उन्होंने साठ रुपए निकालकर सज्जन की सजायाफ्ता टेबल पर रख दिए।

सज्जन ने एक बार फिर मूँछों पर ताव दिया, रुपए बिना गिने जेब में रखे और बोले, "अब जाओ···अदालत में मिलना···बाकी बातें अदालत में होंगी।"

सूरज हमेशा की तरह पूरब से निकला 'था। हाँ, सौ साल बाद भी पूरब से ही।

उन्होंने जल्दी-जल्दी दाढ़ी बनाई। उन्हें घर से निकलना था। जल्दी अदालत पहुँचना था, क्योंकि आज उन्हें नया मामला जो मिला था। □

एक इंतजार के दौरान

❀ शंकर पुणतांबेकर

अदालत में तारीख के दिन वह आवाज का इंतजार करता।

वह समय पर अदालत पहुँच जाता। एक-दो बार नहीं पहुँच पाया, तो आवाज लग चुकी थी। समय पर हाजिर न रहने के लिए उसे डाँट पड़ी थी।

आवाज के इंतजार में वह देखता और देखता, इजलास खाली है।

इंतजार...कैसी खौफनाक अवस्था है यह, जिससे पूरा देश ग्रस्त है! वह सोचता।

बस का इंतजार, रेल का इंतजार, रोजगार का इंतजार, राशन का इंतजार, सिंचाई का इंतजार, अस्पताल का इंतजार, स्कूल का इंतजार, सड़क का इंतजार, पुल का इंतजार।

कचहरियों में साहब का इंतजार। साहब हो तो बाबू का इंतजार। बाबू हो तो चपरासी का इंतजार। तीनों ही हों तो अपने अवसर का इंतजार।

इजलास में साहब आ जाता तो पूरा दिन गुजर जाता, उसका अवसर न आता।

अवसर आता तो वकील न आता। वकील आता तो प्रतिवादी का वकील न आता।

दोनों वकील आते तो प्रतिवादी न आता। तीनों आते तो गवाह न आता, उसका या प्रतिवादी का।

समय की यह कैसी बरबादी है, वह सोचता।

उसे लगता, इंतजार उसकी जिंदगी के क्षणों को नोच-नोचकर खा रहा है।

एक दिन उसने सोचा—नहीं, मैं अपने जिंदगी को इंतजार के हाथों लुटने नहीं दूँगा।

वह पढ़ने के लिए किताब ले जाने लगा।

लोगों को उसे अदालत में देखकर आश्चर्य होता।

आप! नाक की सीध में चलनेवाले आप और अदालत में? वे सवाल करते।

क्या बताऊँ भाई, जो नाक की सीध में नहीं चलता, पैर की ठोकर से चलता है; ऐसे आदमी के शिकंजे में फँस गया हूँ।

वह एक ऐसा आदमी है जो गुंडा नहीं गुंडा है, नेता नहीं नेता है, आदमी नहीं आदमी है।

उसने मेरी कलम पर कब्जा कर लिया है, माँग-माँगकर थक गया, दी नहीं।

आखिर यह अदालत का रास्ता पकड़ना पड़ा।

वास्तव में उसे मेरी कलम का कोई उपयोग नहीं। ऐसा ही, जैसे नेता को गीता या कुरान का नहीं होता।

उसने मेरी कलम पर इसलिए कब्जा कर लिया कि वह डरता है, कहीं मैं उसके खिलाफ न लिख दूँ। इस डर से उसे नींद नहीं आती थी।

कैसा जमाना आ गया है, जिसकी लाठी उसकी कलम।

पुलिस में शिकायत दर्ज कराई तो वह बोली, उससे समझौता कर लो। इसी में तुम्हारी और तुम्हारी कलम की भलाई है।

कहा, तुम देख नहीं रहे हो चारों तरफ कलमों को? समझौतावाली कलमें कैसी फल-फूल रही हैं! तुम्हारी शिकायत हम दर्ज कर भी लें तो उससे लाभ तुम्हारा नहीं, हमारा ही होगा। हमारा एक नया हफ्ता शुरू हो जाएगा।

अब तुम्हीं बताओ, ऐसी हालत में आदमी क्या करे! अदालत को ही तो पकड़ेगा।

□

उसने कालिदास का 'अभिज्ञान शाकुंतलम्' प्रत्यक्ष नहीं पढ़ा था,

उसे पढ़ डाला। फिर पढ़ा 'मेघदूत'।

पढ़कर ऐसा पागल कि दोनों ग्रंथों को सिर पर ले नाचने लगा। गेटे की तरह।

आपने 'अभिज्ञान शाकुंतलम्' पढ़ा है, 'मेघदूत' पढ़ा है? अदालत में वह किसी से भी पूछ बैठता।

लोग सुनकर उसके चेहरे की ओर देखते।

कोई कहता, क्या बेहूदा सवाल है! मुझे मेरा काम करने दो।

कोई कहता, क्या है भाई, यह शाकुंतलम् और मेघदूत?

कोई कहता, नहीं भाई, मैंने कालिदास नहीं, शेक्सपियर पढ़ा है।

कोई कहता, जरूरत ही नहीं महसूस हुई। और देखो आगे बढ़ा जा रहा हूँ। तेजी से बढ़ा जा रहा हूँ।

एक ऐसा मिल ही गया जिसने कालिदास पढ़ा था। वह अदालत में नौकरी की अर्जी देने आया था। उसे सुनकर प्रसन्नता भी हुई और दुःख भी हुआ।

शेक्सपियर उसने कुछ-कुछ पढ़ा था। अब पूरा पढ़ डाला।

हैमलेट ने उसे प्रभावित किया। मर्चेंट ऑफ वेनिस का शाइलॉक स्वयं उसे अपना प्रतिवादी लगा। प्रतिवादी उसकी कलम का मांस चाहता था।

नाटक के शाइलॉक को मांस नहीं मिल सका, लेकिन आज के शाइलॉक बराबर मांस नोच रहे हैं।

जब उसने भारतेंदु हरिश्चंद्र का नाटक 'अंधेरनगरी' पढ़ा तो वह कालिदास के नाटक अभिज्ञान शाकुंतलम् और काव्य मेघदूत की तरह ही उसे सिर पर ले नाच उठा।

भारतेंदु ने यह नाटक अंग्रेजी चमड़ी के शासन पर लिखा हो, पर आज इतने दशकों के बाद वह भारतीय चमड़ी के शासन पर भी उतना ही, बल्कि उससे कहीं ज्यादा लागू होता है।

एक दिन वह अपने ही जज से उसके चेंबर में जाकर पूछ बैठा, आपने भारतेंदु हरिश्चंद्र का अंधेरनगरी नाटक पढ़ा है, सर?

जज उसकी ओर देखता ही रहा। उसने घंटी बजाकर प्यून को बुलाया और कहा, इसे अंदर किसने आने दिया? इसे बाहर निकालो।

वह खुद बाहर चला आया। कैसी अंधेरनगरी है! आदमी आदमी के चोले में ही नहीं रहा कि वह आदमी को सुने। शेक्सपियर ने कानून में मर्सी की बात कही है, अब मर्सी की बात नहीं रही, व्हिप की बात आ गई है, मरजी की।

शिक्षा और न्याय पर ही तो समाज टिका है। धीरे-धीरे शिक्षा को व्यापार ने जकड़ ही लिया है। न्याय को भी जकड़ ले तो आदमी संपन्न तो बन जाएगा, पर यह रावणी संपन्नता होगी।

उसने चिंतकों को भी पढ़ा। कणाद-चार्वाक जैसे भारतीय चिंतकों से लेकर कांट-सार्त्र जैसे पाश्चात्य चिंतकों को।

सार्त्र के अस्तित्ववाद ने उसे बहुत प्रभावित किया। उसने सार्त्र को पढ़कर जाना, आदमी कितना कमजोर है; और कमजोर होकर भी आदमी कितना ताकतवर है।

चींटी की अपनी ताकत है, जो सही रास्ता पकड़े तो हाथी को हिलाकर रख देती है। लेकिन हम हाथी बनने के चक्कर में चींटी की ताकत को, उसकी लगन को खो बैठते हैं।

वह लोगों को अदालत के फाटक पर, जहाँ बैठ वह इंतजार में किताबें पढ़ता, सार्त्र पर बहुत कुछ सुनाता, भाषण देता। उसके प्रवचन से अच्छे-अच्छे विद्वान् प्रभावित हुए।

एक दिन उसे दिल्ली की एक नामी संस्था ने सार्त्र पर भाषण देने को बुलाया।

वह गया। काफी प्रभावशाली भाषण हुआ उसका। इस बीच अदालत की तारीख पर उपस्थित न रहने से उसपर जुर्माना ठोक दिया गया।

अब उसने कानून पढ़ना शुरू किया।

तारीखें बढ़ रही थीं और इधर उसका अब कानून का ज्ञान बढ़ रहा था। ज्यूरिस प्रुडेंस को उसने बड़े चाव से पढ़ा।

इधर फाटक के एक ओर वह किताबें पढ़ता, उधर उसके प्रतिवादी ने इंतजार की घड़ी में बेचकार्य शुरू कर दिया।.पहले वह मूँगफली बेचता था, फिर रूमाल पर आया; आगे साबुन-टूथपेस्ट पर, अंत में आया जूते पर।

इधर इंतजार में किताबें पढ़ते इसके बाल सफेद हो गए थे तो उधर

बेचकार्य करते प्रतिस्पर्धी ने एक इमारत खरीद ली थी।

ज्यूरिस प्रुडेंस की वह ऐसी अथॉरिटी बना कि एक दिन नगर के लॉ कॉलेज में उसे लेक्चर को बुलाया गया।

वह गया। उसने ऊँचा लेक्चर दिया। पर जज···उसी का जज, जिसकी अध्यक्षता में लेक्चर रखा गया था, वहाँ आ न सका।

जज इसलिए नहीं आ सका कि उसे मकान मालिक ने उस दिन 'मकान खाली कर दो' की धमकी दी थी। और यह मकान मालिक और कोई नहीं, लेक्चर देनेवाले इस वादी का ही प्रतिवादी था।

□

जजी

श्रीकांत मित्तल

जिला छोटा-सा था, फिर भी जिले में जिला जज की सहायता को न्याय की सात और मूर्तियाँ विराजमान थीं। जिले में दो कत्ल रोज का औसत था और चोरी-डकैती के लिए भी इस जिले की जमीन बड़ी उपजाऊ थी। मुलजिमों को बचाने और सही न्याय दिलाने के लिए भी सैकड़ों की संख्या में एडवोकेट थे, जो ठेके पर केस लिया करते थे। उन्हें कानूनी नुक्तों और अपनी सामर्थ्य पर इतना भरोसा था कि कत्ल करने के बावजूद व चश्मदीद गवाहों के होने पर भी वे मुलजिम को साफ बचा लेने या सिर्फ दस वर्ष की कैद तक करा लेने का मुकदमा ठेके पर तय करते थे।

उनकी प्रतिभा का यह कमाल था कि वे कत्ल को आत्मरक्षा के लिए किया गया प्रयत्न साबित कर देते थे या मुलजिम की हाजिरी थाने, अस्पताल में दर्ज सिद्ध कर देते थे या अपराधी का पागल होना या सामान्य दशा में न होने का दृढ़ सबूत पेश करते थे। न्याय में विद्वान् न्यायमूर्ति के लिए पूरी-पूरी गुंजाइश रहती थी कि वह शक का फायदा मुलजिम को देकर, उसे बदला लेने के लिए फिर समाज में स्वतंत्र छोड़ दें।

पर शक का फायदा भी केवल तभी सुलभ था, जब न्यायमूर्ति के कंधों पर जवान लड़कियों की शादी का बोझ विद्वान् वकील साहब कम करने में महत्त्वपूर्ण योगदान दे सकें। होशियार एडवोकेट ने जज रूपी मछलियों को फँसाने के लिए पानी में तरह-तरह के काँटे-चारे लगाकर छोड़ रखे थे। मसलन एक एडवोकेट हर तरह के ताश के दिग्गज खिलाड़ी

थे और जजों को जिताने की कला में अपना सानी नहीं रखते थे। इससे एक ओर तो न्यायमूर्ति का अहं तुष्ट होता था तो दूसरी ओर मुकदमों में वकील साहब के प्रति उसका रुख नरम हो जाता था। एक साहब वाइन स्पेशलिस्ट थे और उनकी अलमारी में संसार की हर ब्रांड की बेहतरीन-से-बेहतरीन शराब उपलब्ध रहा करती थी। वह केवल खुशबू या स्वाद से शराब का नाम बतला सकते थे। उन्हें हर तरह के काकटेल बनाने के गुर मालूम थे, जो मुरदा नसों में पिघला सीसा दौड़ा सकते थे। उनका मुफ्त का शराबखाना कुछ शौकीन जजों को आकर्षित कर ही लेता था।

कुछ एडवोकेट वकील साहब कम, संत अधिक थे। उनके यहाँ आएदिन धार्मिक प्रवचन होते रहते थे या आएदिन कीर्तन की खड़तालें खनकती रहती थीं। वे आत्माएँ बुलाने में माहिर थे और उन्हें जन्मपत्री देखने का भी अभूतपूर्व ज्ञान था। वह हर जज-मुंसिफ की जन्मपत्री बनाकर, उनके ग्रहों का गणित लगाकर, उनके प्रमोशन, कन्फरमेशन और ट्रांसफर की तिथियों की भविष्यवाणियाँ करते रहते थे। जहाँ से जो जज ट्रांसफर होकर आता था, वहाँ से उसका चिट्ठा जानकर उनके भूत जीवन के बारे में सही-सही बातें बतलाकर वह जज पर अपने ज्योतिष ज्ञान की धाक जमा देते थे। उनके यहाँ प्रवचनों में यह अकसर बताया जाता था कि भगवान् परम कृपालु हैं और व्यक्ति ने जो कुछ पाप किया है, उसे केवल यदि प्रभु के आगे, भले ही एकांत में, स्वीकार कर लिया जाए तो प्रभु क्षमा कर देते हैं।

एक एडवोकेट की बीवी पर माता की सवारी आती थी, जो विशेष रूप से न्यायमूर्तियों के भविष्य के बारे में घोषणाएँ किया करती थी।

एक वकील साहब वकील कम, डॉक्टर अधिक थे। वह हर न्यायमूर्ति के घर जाकर उनके सभी परिवार का होम्योपैथिक इलाज मुफ्त किया करते थे और जज महोदय को भी खोया यौवन प्राप्त करने के विशेष टॉनिक दिया करते थे। उनके दूसरे भाई जिले-भर में सबसे अधिक अच्छी नर्सरी रखते थे और हर न्यायमूर्ति का बगीचा अप-टु-डेट रखने का संपूर्ण उत्तरदायित्व उनका था। उनकी सफलता यही थी कि वह कानून के स्थान पर वनस्पति विज्ञान के महान् जानकार थे। वह जज साहब के सामने खड़े होकर एक वाक्य में तीन बार हुजूर और दो बार सरकार कहते थे। जमानत मंजूर कराने की ही उनकी मुख्य प्रेक्टिस थी। इस बाबत मिले मेहनताने में

२/३ हिस्सा न्यायमूर्ति का हुआ करता था, जो फूलों के बीज के पैकेट में स्वीकार किया करते थे। जिस दिन वकील साहब जिस जज या मुंसिफ को किसी चीज के बीज देने जाते थे, इसका अर्थ था कि वह जज साहब की जमानत मंजूर करने की मेहनत अदा करने आए हैं।

राष्ट्रीय सरकार बनने के बाद और न्याय में भी अप्रत्यक्ष सरकारी हस्तक्षेप के कारण मुलजिम को छोड़ने की फीस और ज्यादा बढ़ गई थी। परिणाम यह था कि न्यायपालिका अपनी श्रेष्ठ परंपरा के बावजूद डालडा युग को डालडा न्याय ही प्रदान कर रही थी। न्याय के फैसले क़ानूनी नजीरों के दाँव-पेंच मात्र होकर रह गए थे। उच्च न्यायालय के जज एक दिन जो रूलिंग देते थे, दूसरे दिन दूसरे निर्णय में दूसरी राय दे देते थे।

रजिस्ट्रार के यहाँ भेंट चढ़ाकर केस जिस जस्टिस के यहाँ चाहो, लग जाता था। यह बात नहीं कि सभी न्यायमूर्तियाँ बेईमान हो गई थीं। पर ईमानदार सिर्फ इतने बचे थे, जितने दाल में कंकड़ होते हैं। और ऐसे महापुरुष विभाग के अन्य अफसरों की निगाह में तथा वकील और जनता की निगाह में, आँख में कंकड़ी की ही तरह खटकते थे। उनसे उनका परिवार व बच्चे तक खुश नहीं रहते थे। परिणाम यह था कि वह दिन-पर-दिन चिड़चिड़े और बदमिजाज होते जाते थे और नर्वस ब्रेकडाउन की कगार पर खड़े हुए वह या तो रिटायर होने की प्रतीक्षा कर रहे थे या मेंटल हॉस्पिटल उनकी प्रतीक्षा में दरवाजा खोले खड़ा था।

इन तथ्यों से शासन और जनता दोनों परिचित थे और उनकी तारीफ वक्त-बेवक्त विदेशियों के सामने उदाहरण दिए जाने की तरह की जाती थी कि देखो, इस देश के चिड़ियाघर में ईमानदार मूर्तियाँ भी हैं और उनके दर्शन कर लोक-परलोक सफल बनाए जा सकते हैं। पर ऐसे जजों की गाड़ी आमतौर से जिला जज की गाड़ी से आगे नहीं बढ़ पाती थी; क्योंकि वह हाई कोर्ट की तरक्की के लिए सरकार से किसी अनुरोध करने की स्थिति में नहीं होते थे। उनका आखिरी समय अपनी रिट तय कराने में या हाई कोर्ट और सुप्रीम कोर्ट का चक्कर लगाने में गुजरता था। जहाँ उनके जूनियर्स उनका ही न्याय निबटाने गिद्ध की तरह पर फैलाए तैयार बैठे रहते थे कि ऐसे नरम मांस के खड्‌डूस आएँ और उनका जिंदा मांस नोचकर स्वादिष्ट भरते का मजा लिया जा सके। □

वकील : एक मनोवैज्ञानिक विश्लेषण

❀ संतोष खरे

वकील मेरे लिए सदैव एक गैरकानूनी समस्या रहा। इसके संबंध में मुझे जितनी अधिक जानकारी मिलती है, उसका व्यक्तित्व मेरे लिए उतना ही रहस्यमय होता जाता है। वह कानून का रक्षक कहलाता है, अत: वह गैरकानूनी कार्य भी कानूनी परदे की ओट में करता है। जब कोई वकील अपने मकान के बरामदे में भजन-कीर्तन करवाता है और अंदर के कमरे में जुए की फड़ लगवाता है तो मेरा सिर वकील के कानूनी ज्ञान के प्रति श्रद्धा से झुक जाता है।

वकील को मैंने सदैव हँसमुख और व्यवहार-कुशल पाया है। उसके चेहरे पर हरदम एक मुसकराहट चिपकी रहती है। उसकी आँखों की चमक देखकर उसके गहरे आत्मविश्वास का परिचय मिलता है। बड़े-से-बड़ा मुकदमा हार जाने पर भी उसकी आँखों की चमक में कोई अंतर नहीं आता। झूठे मुकदमे जीतने के कारण उसके आत्मविश्वास में निरंतर वृद्धि होती रहती है।

अपने मुवक्किल से पैसा लेने में जो वकील जितना माहिर होता है वह उतना ही बड़ा वकील कहलाता है। एक ऐसे ही बड़े वकील ने मुझे बताया कि वे अपने मुवक्किलों से फीस तय नहीं करते। धीरे-धीरे उसकी इच्छानुसार फीस लेते रहते हैं। मुकदमे का तीन-चौथाई काम हो जाने के बाद वे कुछ ऐसी गुप्त स्थितियाँ तैयार कर लेते हैं जब मुवक्किल उनकी मुँहमाँगी फीस देने को तैयार हो जाता है। जब मुवक्किल फीस के

नाम पर कुछ नहीं देता तब हारकर उन्हें अदालती खर्च के नाम पर पैसा लेना पड़ता है। अदालती खर्च एक व्यापक टर्म है, जिसमें अर्दली, पेशकार और दीगर खर्च सम्मिलित रहते हैं।

मुवक्किलों का रवैया देखते हुए कुछ वकीलों ने तो फीस लेना ही बंद कर दिया। वे केवल अदालती खर्च लेते हैं। मित्रों और रिश्तेदारों से भी केवल 'अदालती खर्च' लिया जाता है।

अधिकांश मुकदमा जीतनेवाले वकीलों का मैंने अध्ययन किया तो पाया कि उनकी सफलता के पीछे उनकी उन्नत कार्य-प्रणाली है। कुछ वकील इनकम टैक्स सलाहकार की पद्धति पर काम करते हैं। कुछ अपनी राजनीतिक स्थिति के कारण सफल हैं। एक वकील, जो क्षेत्रीय नेता के खास चमचे कहे जाते हैं जब अदालत में खड़े होते हैं तो हर मुकदमे में लगभग एक-सी बहस करते हैं।

'हुजूर, कल मैं अमुक नेता के घर पर रहा। इधर राजनीति में उन्हें काफी महत्त्वपूर्ण पद मिलने वाला है""सरकार, इस मुकदमे के संबंध में सबकुछ फाइल में है। फैसला तो गरीब परवर को करना है। मुझे विश्वास है कि श्रीमान का फैसला कभी गलत नहीं होता। मेरा निवेदन है कि इस प्रकरण में मेरे मुवक्किल के पक्ष में कानूनी स्थिति बहुत अच्छी है, अतएव फैसला मेरे पक्ष में किया जाए। फिर वे अपना पान का डब्बा निकालते हैं। एक पान अदालत को खिलाते हैं, एक स्वयं खाते हैं। इसी बीच कुछ और राजनीतिक चर्चाएँ हो जाती हैं। जिन लोगों ने इनका दफ्तर देखा है उनका कहना है कि उनकी लाइब्रेरी में केवल एक मोटी पुस्तक है जो देखने में कानूनी लगती है। इस किताब का उपयोग यह है कि वकील साहब का मुंशी हर रोज लिये हुए उनके पीछे घूमता है।

वकीलों का धैर्य, सहनशीलता, दूरदर्शिता देखते ही बनती है। एक सीनियर वकील के जूनियर ने एक एस.डी.ओ. की शान में कोई गुस्ताखी कर दी। डिप्टी कलेक्टर ने सीनियर से इस बात की शिकायत की तो उन्होंने दोहरे होकर विनम्रता से कहा, "सरकार, इस नालायक से मैंने कई बार कहा कि वकालत बड़ी अक्ल और धैर्य का पेशा है। तेरे बस का रोग नहीं। चल, तेरी सिफारिश करके तुझे कहीं डिप्टी कलेक्टर बनवा देता हूँ, पर यह कमबख्त मानता ही नहीं। वकालत ही करना

चाहता है। हुजूर, इसे मुआफ कर दें।'' और एस.डी.ओ. साहब खुश हो गए।

एक बार किसी अदालत ने एक वकील की किसी बात पर क्रुद्ध होकर उनसे 'गेट आउट' कह दिया। वकील चाहता तो अदालत के इस व्यवहार के विरुद्ध मानहानि की कार्यवाही शुरू कर सकता था; पर अपनी दूरदर्शिता का उपयोग करते हुए उसने कहा, ''योर ऑनर, यदि मैं बाहर चला जाऊँगा तो आपकी अदालत की शोभा खत्म हो जाएगी, क्योंकि न्यायाधीश की शोभा अदालत से है और अदालत की शोभा वकीलों से है, जैसे जल से कमल, कमल से जल, जल-कमल से शोभा है, सर....'' और अदालत मुसकराने लगी।

वकील का यह विशिष्ट गुण होता है कि वह किसी की बात का कभी बुरा नहीं मानता। लोग उसकी तुलना वेश्या से करते हैं। वह मुसकराता है। एक बार किसी जज ने वकील को अदालत में पान खाकर आने से रोक दिया। वकील ने तुरंत बाहर जाकर पान थूका और लौटकर कहा, ''श्रीमान, हम लोग पान इसलिए खाया करते हैं, ताकि श्रीमान के सामने हम लोगों के मुँह से सुगंध आए; पर अगर श्रीमान को सुगंध अच्छी नहीं लगती तो कोई बात नहीं।'' वकीलों की वाक्पटुता से यूँ तो चुटकुलों का साहित्य भरा पड़ा है, पर अभी न मालूम कितने ऐसे प्रसंग हैं जो प्रकाश में नहीं आए हैं, मसलन एक बार एक जज साहब ने एक वकील को अंग्रेजी का 'फूल' कह दिया। वकील ने बड़े इतमीनान के साथ अपनी बहस जारी रखते हुए अंत में कहा, ''आई एम नोट सच ए फूल एज दि कोर्ट....(खाँसकर और कुछ क्षण रुककर) प्रिज्यूम्स योर ऑनर!'' जज और अन्य उपस्थित लोग पहले तो सकते में आ गए, पर बाद के शब्दों को सुनकर हँसने लगे।

कहावत है कि जब एक बार स्वर्ग और नरक के बीच की दीवार को लेकर दोनों स्थानों के निवासियों के बीच झगड़ा हो गया और स्वर्गवालों ने मामला अदालत में ले जाने की धमकी दी तो नरकवालों ने बड़े इतमीनान से उत्तर दिया कि वे बड़ी खुशी से ऐसा कर सकते हैं। उन्हें इसकी कोई चिंता नहीं, क्योंकि दुनिया के बड़े-बड़े वकील-बैरिस्टर उन्हीं के यहाँ हैं। ऐसी बातें सुनकर वकील पूरे आत्मविश्वास के साथ मन-ही-मन प्रसन्न

होता है। वह झूठे इकरारनामों के आधार पर मुवक्किलों से हड़पी हुई जमीन पर बने अपने बंगले में बैठा अपने नगर की सभा-सोसाइटी में इज्जत के साथ भाग लेता है। सामाजिक तौर पर एकदम सात्त्विक रहते हुए व्यक्तिगत तौर पर आश्वस्त रहता है कि लोग उसके चेहरे के भावों से उसके मन की बात नहीं पढ़ सकते। मैंने मनोवैज्ञानिक स्तर पर यही निष्कर्ष निकाला है कि इन्हीं कारणों से अधिकांश वकील अच्छे नेता हो जाते हैं।

जिस तरह कोई व्यापारी कालाबाजारी या नंबर दो के धंधे का व्यापार धर्म मानता है, उसी तरह वकील भी अपने पेशे के लिए कुछ नाजायज बातों को जायज मानता है। तर्क की कसौटी पर यह बात सही भी उतरती है, यदि किसी केस में दूसरे पक्षों के गवाह तोड़ने हैं तो पहले पक्ष का वकील उन गवाहों को बंदूक दिखाकर तोड़ने में भी नहीं हिचकिचाता। पुलिस को आपराधिक मामलों में अपनी ओर मिला लेना क्रिमिनल-लायर्स के पेशे के अंतर्गत आता है। इन बातों के पीछे उसका पेशावाला तर्क इसलिए भी सही उतरता है कि वह इन सब कार्यों के लिए अतिरिक्त फीस लेता है। अपने मुवक्किल के बचाव के लिए यदि वह कुछ तथ्यों को तोड़-मरोड़कर प्रस्तुत करता है तो वह गलत नहीं माना जा सकता।

मैंने जितना अधिक एक वकील का अध्ययन किया उतनी ही उसके प्रति मेरी दिलचस्पी बढ़ती गई। सच को झूठ और झूठ को सच साबित करना एक महान् कला है। वकील इस कला का सबसे बड़ा कलाकार माना जाता है। मैं तो एक ऐसे वकील के संपर्क में रह चुका हूँ, जिनसे पूछकर और उनके बताए गए ढंग से अपराधी मर्डर या डकैती के अपराध करते हैं; पर क्या मजाल कि अदालतें उस अपराधी को सजा दे पाएँ! जब से मैंने वकील का यह रूप देखा, मेरी वकालत करने की इच्छा बलवती होने लगी है। पहले मेरा नैतिक बल कानूनी किताबों के अंबार को देखकर क्षीण होने लगता था। जब से कुछ वकीलों ने बताया कि अब प्रेक्टिस में कानूनी किताबों की उतनी आवश्यकता नहीं होती जितनी चालू होने की, मैं काफी आशान्वित हूँ, मैं किसी ऐसे सीनियर की तलाश में हूँ जो मुझे चालू बना दे।

□

इनसाफ का तराजू

❀ सुदर्शन मजीठिया

उसे मैंने बहुत ढूँढ़ने की कोशिश की, परंतु वह कहीं न मिला। उसे पकड़ना हवा को पकड़ने जैसा था। लगता था कि वह कहीं आसपास होना चाहिए, पर जब-जब कोशिश की तो हाथ ही मलना पड़ा। उसके भाई से पग-पग पर मुलाकात होती थी, परंतु थोड़ी देर में ही स्पष्ट हो जाता था कि यह वह नहीं है जिसे मैं ढूँढ़ रहा हूँ। लिबास से वह वही लगता था। कई बार उसे मैंने कहा था कि यह लिबास तुम्हें शोभा नहीं देता। सुनकर वह हरदम तिनका काटते हुए मुसकराया था। मैं जानता था कि यह लिबास उसका एकमात्र लिबास था, जो कभी गंदा नहीं होता था। उसने ठहाका मारते हुए कहा, बिना लिबास के मेरे भाई को छिपकर रहना पड़ता है। दिगंबर अवस्था में बाहर आने की उसकी हिम्मत नहीं होती। हाँ, एक बात और सुन लो, उसकी जेब भी नहीं काटी जा सकती। पहली बात तो तुम्हें वह मिलेगा नहीं, और यदि मिलेगा भी तो छिपा हुआ।

लेकिन उस दिन रात को उसे मैंने अपने दरवाजे पर खड़े पाया। मैं उसे देख न सका। मुझे लगा कि जैसे मेरे दरवाजे पर एक साथ सौ सूरज प्रकाशित हो उठे हैं।

"तुम कौन हो?"

"मैं न्याय हूँ।"

न्याय का नाम सुनकर मैं उछल पड़ा। उसने रुककर पुनः कहा, "मैं जानता था कि चारों ओर मेरे भाई का साम्राज्य छाया है, इसलिए तुम मुझे

मिल नहीं सकोगे।''

''इसीलिए आप मिलने चले आए?''

''नहीं, मेरा भी स्वार्थ है।''

''आपका स्वार्थ! समझा नहीं, बात को स्पष्ट कीजिए।''

''मुझे न्याय चाहिए।''

''आप तो स्वयं न्याय हैं।''

''यही तो त्रासदी है कि स्वयं न्याय होकर मुझे न्याय नहीं मिलता।''

''तो मैं किस प्रकार सहायता दे सकता हूँ?''

''तुम व्यंग्यकार हो, कोशिश कर सकते हो, भरोसा मुझे तुम्हारा भी नहीं है।''

''क्यों?''

''अच्छे-अच्छे व्यंग्यकारों को मैंने बिकते देखा है। मेरा भाई काफी सामर्थ्यवान् है। वह सबको खरीद लेता है।''

''मैं आपको देख नहीं सकता हूँ, केवल सुन सकता हूँ।''

''यही बहुत है।''

''मुझे देखने के लिए जो आँखें चाहिए, मालूम नहीं तुम्हारे पास हैं कि नहीं; परंतु तुम मुझे सुन लेते हो, यही बहुत है। पदार्थवाची लोग तो सुनना भी भूल गए।''

''पदार्थवाची! मतलब?''

''पद और अर्थवाची। सत्ता व संपत्ति के शोर-शराबे में देखना-सुनना तो दूर रहा, वे यह भी भूल गए हैं कि न्याय नामक भी कोई जंतु है।''

''मैं आपको देखना चाहता हूँ।''

''तो जाओ, दरवाजा बंद कर, एकांत में आँखें बंद कर अपने को टटोलो।''

दूसरे दिन—दरवाजे बंद करते ही वह मिला, एकदम दिगंबर।

''इस तरह छिप-छिपकर आपको क्यों मिलना पड़ता है?''

''मैं छिपता नहीं हूँ। स्वयंभू हूँ—स्वयं प्रकट होता हूँ। अन्याय सोचता है कि उसने मुझे गिरफ्तार कर लिया है; परंतु उसी समय उसे समाचार मिलता है कि मैं फलाँ-फलाँ जगह प्रकट हुआ।''

''बात मुझे समझ नहीं आई। आपको न्याय की क्या आवश्यकता?''

''दीपक को आज प्रकाश की आवश्यकता है। मेघों को जल की आवश्यकता है। अन्याय ने जिस न्याय को जन्म दिया है, वह मेरा प्रतिद्वंद्वी है। वह किसी भी न्याय माँगनेवाले पर छा जाता है। अन्याय सहन करनेवाला समझ जाता है कि उसे न्याय मिल गया। परंतु उसका भ्रम शीघ्र टूटता है। तब तक तो चिड़ियाँ खेत चुग गई होती हैं।''

मैंने दरवाजा बंद कर लिया। न्याय अंदर आ चुका था। मैं महसूस कर रहा था कि वह कमरे में है, परंतु उसे केवल आँखें बंद कर ही महसूस कर सकता था। सकते की हालत थी। मैंने पुनः कहा, ''आपको मैं कैसे न्याय दिला सकता हूँ?''

''विचारों को बंदूक की गोली नहीं मार सकती। कलम की नोक तोप से कहीं तेज होती है। उठो और पाप का ढक्कन उठा दो। आत्मविश्वास तथा दृढ़ता से लिखो, मुझे संतोष होगा।''

''इसकी क्या गारंटी कि उससे आपको न्याय मिल ही जाएगा?''

''कोई गारंटी नहीं, परंतु कम-से-कम यह तो तसल्ली होगी कि मुझे न्याय दिलाने का प्रयास हो रहा है। मेरे साथ आओ और देखो, कैसे मेरी जगह से ही मुझे च्युत कर दिया गया है!''

दूसरे दिन न्याय के साथ मैं अदालत में गया। देखा तो सत्य के अवतार, न्याय के कमीशन एजेंट वकील सत्यासत्य की बहस में कीड़ों के समान एक-दूसरे पर टूट रहे हैं। जज के पास रखे तराजू में डुप्लीकेट न्याय प्राणायाम कर रहा था। वकीलों की जिरह में अन्याय चमकदार पोशाक में बैठा था। शपथ लेनेवाला शपथ ले रहा था कि 'सच के सिवाय सब सच-सच बोलूँगा।' न्याय ने मुझे देखा और न्याय को मैंने।

दूसरे दिन मेरे दरवाजे पर अन्याय न्याय की पोशाक में खड़ा था। उसने कहा, ''व्यंग्यकार, देखो और मुझे अच्छी तरह से देख लो। इसके बाद तुमने यदि उस नंगे के साथ घूमने की कोशिश की तो तुम्हारी आत्मा से तुम्हारा शारीरिक वस्त्र उतार दिया जाएगा।'' मैंने उसे बिठाया। उसकी ओर देखा। वह मुझे घूर रहा था।

''मुझे डराने या धमकाने की जरूरत आपको क्यों पड़ी? मारनेवाले का हाथ तो पकड़ सकते हो, लेकिन किस-किस की जबान पकड़ोगे? किस-किस लेखक की कलम पर हावी होगे?'' अन्याय अट्टहास कर

उठा। वह लगातार हँसता रहा। उसने कहा, "आवश्यकता तथा उपयोगिता के जमाने में तुम्हारे प्रश्न का कोई मतलब ही नहीं। हम तो अमृतपुत्र हैं। एक जगह मारोगे तो दूसरी जगह जी उठेंगे।"

मुझे मालूम नहीं वह कब चला गया। उसने संदेश भिजवाया कि यदि मैं न्याय के साथ देखा गया तो पहले मेरे साथ ही न्याय किया जाएगा।

उसके जाते ही न्याय प्रकट हुआ। उसने कहा, "देख लिया न!"

"मैं तो सब देख रहा हूँ। इसलिए लड़ाई जारी रखे हूँ। और यह लड़ाई तो जारी ही रहेगी।"

न्याय की सबसे बड़ी सीमा थी कि वह अन्याय नहीं बन सकता था, जबकि अन्याय को न्याय बनने की पूरी छूट थी।

मैं जहाँ जाता, अन्याय या उसके चमचे मेरा स्वागत करते; परंतु ठंडा व्यवहार पाकर कतरा जाते।

व्यंग्यकार बुद्धिजीवियों से भी मिला और देखा कि उनकी सहायता से अन्याय आसमान में मुक्त भाव से उड़ रहा है।

न्याय के साथ मैंने हरिजनों के झोंपड़े जलते देखे। असहायों तथा औरतों पर बलात्कार के किस्से सुने। लाखों आदिवासियों को प्रशासन द्वारा उनकी जड़ों से उखाड़ते हुए पाया। अन्याय के कई दर्जे थे, कई आयाम थे, कई कोटियाँ थीं; किंतु न्याय के नाम से चलनेवाला अन्याय सर्वोपरि था। धर्म की आड़ में अधर्म से होनेवाले सांप्रदायिक दंगों में न्याय को धता बताई जा रही थी। न्याय के लिए लड़नेवालों को जहर पिलाया गया था, सूली पर चढ़ाया गया और गोली मार दी गई।

एक दिन अन्याय को पुनः मैंने अपने सामने अट्टहास करते पाया। उसने गरजते हुए कहा, "मुझे मालूम है कि न्याय मरनेवाला नहीं। स्साले की तासीर कछुए जैसी है। अपने अस्तित्व के लिए वह सिकुड़ जाता है और अवसर आने पर धीरे-धीरे फैलता है। मैं इसे समाप्त करके रहूँगा।"

दूसरे दिन मेरी न्याय से मुलाकात हुई। मैंने उससे कहा कि तुम्हारे पीछे हत्यारे पड़े हैं। उसने हँसते हुए कहा—"मेरी हत्या करने के लिए उनके हथियार कमजोर हैं।"

"तो आप ही अन्याय की हत्या क्यों नहीं कर देते?"

"यदि अन्याय अपनी मर्यादा छोड़ देता है तो कोई कारण नहीं कि

मैं भी अपनी मर्यादा छोड़ दूँ। मैं उसे जीवित रखूँगा और उसे सुधारने की कोशिश करूँगा। मैं हत्यारा नहीं हूँ।"

"आप एक आदर्शवादी और जिद्दी व्यक्ति हैं। अन्याय को साफ कर दीजिए। न रहेगा बाँस और न बजेगी बाँसुरी। यदि उसका खून नहीं किया जा सकता तो उसे सुधारा भी नहीं जा सकता।"

"उसे मारकर, एक अन्याय को मारकर दूसरे अन्याय को जन्म देना होगा। जानता हूँ कि यह मेरे धीरज की कसौटी है। मैं चाहता हूँ कि अन्याय स्वयंन्यायी बने।"

"आपके चाहने से क्या होता है? जहर जहर को मारता है। कानून कानून को काटता है; उसी तरह हीरे को काटने के लिए हीरे का इस्तेमाल किया जाता है। अन्याय को काटने के लिएं आपको थोड़ा अन्याय का सहारा तो लेना ही होगा।"

"माई डियर, मेरी बात को समझने की कोशिश करो। मैं उसे काटना नहीं चाहता, सुधारना चाहता हूँ। उसके अंदर मैं स्वयं समा जाना चाहता हूँ, ताकि वह मुझे मेरे वस्त्र लौटा दे।"

"आप भी एक स्वप्नजीवी हैं। वास्तविक और व्यावहारिक दुनिया को इन बातों से लेना-देना नहीं।"

न्याय सहसा गायब हो गया। मुझे प्रतीत हुआ कि मेरी सलाह उसे अच्छी नहीं लगी। जाते-जाते वह मेरे सामने अनेक विचार-बिंदुओं को प्रस्तुत करता गया।

मैं न्याय से मिलने अदालत की ओर बढ़ा। वकील ने न्याय से मुलाकात करवाई और बताया, "अदालत में जो साबित होता है वही न्याय कहलाता है। अदालतों में न्याय आपको अवश्य मिल सकता है। जिस प्रकार आपको मंदिर और मसजिदों में ईश्वर मिल सकता है, बस उसी तरह।"

"हत्यारे को फाँसी होती है, पर हत्या करनेवाले का आप क्या कर लेते हैं?" वकील को मेरी बात सुनने की फुरसत नहीं थी। लोगों ने अपने और हैसियत के अनुसार न्याय की व्याख्या कर डाली। बनिया समझता है कि उसे तभी न्याय मिल सकता है, जब उसे अधिक-से-अधिक आमदनी हो। विद्यार्थी समझता है कि उसे तभी न्याय मिल सकता है, जब सौ में से सौ नंबर प्राप्त हों।

मुहावरे बदल रहे हैं। संदर्भ बदल रहे हैं। अन्याय अपना और न्याय का भेद मिटा देना चाहता है। वह हर किसी से कहता है कि अन्याय से न्याय की ओर जाने के लिए किसी पासपोर्ट की आवश्यकता नहीं है।

अन्याय न्याय की सहायता चाहता है। वह चाहता है कि उसका मुलम्मा न्याय का हो, ताकि लोग न्याय कोटेड अन्याय को न्याय समझें। माल खा-खाकर वह तर हो चुका है। सुविधापरस्ती ही उसका जीवन हो गया है। अब उसे यश की आवश्यकता है। वैसे उसके मन के किसी-न-किसी कोने में न्याय का डर तो बना ही रहता है। इसलिए वह न्याय से समझौता करना चाहता है। न्याय की तासीर में समझौता जैसी कोई चीज नहीं है। इसलिए दु:ख को जीवन के एक भाग के रूप में उसने अपना लिया है। न्याय नंगा है, किंतु यशस्वी है। अन्याय ने गुलाब के फूलों को कागज के फूलों से मात करने की कोशिश की, किंतु असफल रहा। जहाँ चौबीस वर्षीय वर की आवश्यकता पड़ी वहाँ अन्याय ने बारह-बारह साल के दो लड़के एक साथ प्रस्तुत कर खानापूरी कर दी।

अन्याय की पोशाक आकर्षक है, किंतु बहुत जल्दी ही फट जाती है, इसलिए हकीकत को बाहर आते देर नहीं लगती। पूँजीवाद, समाजवाद, साम्यवाद, मानववाद, छायावाद, रहस्यवाद, प्रयोगवाद, प्रगतिवाद और धन्यवाद हर किसी ने अन्याय की गोद में बैठकर न्यायी होने का दावा किया है।

प्रश्न है कि श्रेष्ठ वस्तु को चुना जाए या प्रिय वस्तु को?

उसे अन्याय से लाभ होता है, इसलिए वह प्रिय है। उससे धन मिलता है और धन से यश भी मिल जाता है। इसलिए उसे अन्याय से प्रेम है, विशेषकर ऐसा अन्याय जिसने न्याय की पोशाक पहनी हो। उसे वह छाती से चिपकाता, किंतु ऐसा करते हुए भी उसकी नजरें तो न्याय पर ही टिकी रहती हैं। वह अपनी पत्नी का हाथ दबाते-दबाते प्रेमिका को देख रहा है और इस इंतजार में है कि कब वह दिलजली उसे देखे और उसे आँख मारने का अवसर मिले।

अन्याय खिलखिलाता है, ताली बजाता है, मुसकराता है और नाचता है। वह कहता है कि मीरा की प्रीत सच्ची थी, किंतु कृष्ण झूठे थे। कृष्ण के भक्तों का बहुत बड़ा वर्ग है, जो इस बात का प्रमाणपत्र देता है कि

कृष्ण भगवान् थे और ब्रह्मचारी थे। पता नहीं न्याय कब अन्याय बन जाता है। परंतु ऐसे अवसर विरले ही होते हैं। न्याय चाहनेवालों को अन्याय बाँग देकर अपने पास पुकारता है।

न्याय मौन है। उसे ढूँढ़ना पड़ता है। अन्याय रास्ता चलते मिल जाता है। वह न्यायी होने का शोर मचा रहा है। उसके शरीर से ही उसकी पहचान हो जाती है। विज्ञापन में असलियत को पहचानना मुश्किल हो रहा है।

न्याय से लोग पूछते हैं कि देश कहाँ जा रहा है? न्याय उत्तर देता है, "जब देश मेरी ओर नहीं आ रहा तो मुझे क्या मालूम कि वह किस ओर जा रहा है?"

लोगों की मान्यता है कि ईश्वर के साथ सदैव न्याय भी घूमता फिरता है। दोनों साथ-ही-साथ रहते हैं और सत्य को अपने कंधों पर लादे रहते हैं। पर त्रासदी यह है कि ईश्वर दिखाई ही नहीं देता, इसलिए न्याय के भी दर्शन नहीं होते।

अदालती तराजू देखते-देखते मुझे एक अरसा हो गया। कितनी बार उसके आर-पार देखा, किंतु न्याय की पूँछ तक नहीं दिखी। कई बार न्याय को पुलिस के बूटों के नीचे कुचला जाता देखा। जिस प्रकार ईश्वर के दर्शन चित्रों के माध्यम से होते हैं, उसी प्रकार इनसाफ के दर्शन अदालती तराजू के माध्यम से किए जा सकते हैं।

□

न्याय का दरवाजा

❀ हरिशंकर परसाई

मुहावरे उलटे पड़ने लगे।

मुहावरे के मुताबिक, झूठ का परदा उठाओ तो सत्य नंगा बैठा दिखता है। सत्य को झूठ से ज्यादा शर्म आती है।

न्याय का दरवाजा भी अभी खटखटाया और इस मुहावरे को भी उलटा पाया। कुछ गरीब आदमियों पर झूठा फौजदारी मुकदमा चला दिया गया था। हमने उनकी तरफ से न्याय का दरवाजा खटखटाया। खयाल था, न्याय दरवाजे के पास ही ड्यूटी पर बैठा रहता होगा। खटखटाया कि बाहर आया। बड़ी देर तक खटखटाने के बाद भी जब दरवाजा नहीं खुला तो चिंता हुई। क्या बात है? कहीं न्याय 'सिक लीव' (बीमारी की छुट्टी) पर तो नहीं चला गया? बूढ़ा हो गया है और अकसर बीमार हो जाता है।

आखिर हम दरवाजा तोड़कर भीतर घुस गए। सुनसान था। बाथरूम का दरवाजा ठेला तो एक नंगा नहाते देखा।

हमने कहा, "तुम न्याय हो न! जल्दी कपड़े पहनो। बात करनी है।"

उसने कहा, "मैं न्याय नहीं, अन्याय हूँ। नंगा ही रहता हूँ। अन्याय को क्या शर्म! न्याय और मैं जुड़वाँ भाई हैं। एक-सी शक्ल है। लोग उसके धोखे में मुझसे मिल लेते हैं।"

हमने पूछा, "दोनों में कुछ फर्क तो होगा?"

उसने कहा, "हाँ, है। देखो न, मैं ऐंचकताना हूँ। तुम समझते हो,

किसी और को देख रहा हूँ, पर देख तुम्हीं को रहा हूँ। मेरा भाई न्याय काना है। एक ही तरफ देखता है। अब वह बहरा भी हो गया है।''

हमने कहा, ''तो फिर खटखटाने पर दरवाजा कौन खोलता है?''

उसने कहा, ''मैं खोलता हूँ। यही तो मजा है। लोग मुझे न्याय समझ लेते हैं।''

हमने पूछा, ''तुम दोनों भाई किसके बेटे हो?''

उसने कहा, ''एविडेंस ऐक्ट हमारा बाप है और 'इंडियन पैनल कोड' माँ है।''

हमने कहा, ''हमें तो न्याय से मिलना है। वह कहाँ है?''

उसने कहा, ''अभी पिछले दरवाजे से पुलिस कोतवाली गया है। आता ही होगा।''

अच्छा, क्या खलील जिब्रान बनने की कोशिश कर रहे हो? नहीं, न्याय-निवास की पोल खोल रहा हूँ। न्याय का दरवाजा खटखटानेवालो, तुम आगे का दरवाजा खटखटाते हो और वह पिछले दरवाजे से पुलिस से हिदायतें लेने चला जाता है। न्याय बहरा है। खटखटाहट सुन ही नहीं सकता। वह जो एक ऐंचकताना दरवाजा खोलता है, अन्याय है। महज दरवाजा खटखटाने से जो मिलता है, वह अकसर अन्याय होता है। दरवाजा तोड़े बिना न्याय नहीं मिलता।

अच्छा, अब क्या नक्सलपंथी बनने की कोशिश कर रहे हो? नहीं, यह खिताब बिना कोशिश के चिपक जाता है। अभी मैंने अखबार में लिख दिया कि पुलिस ने छात्रावास में घुसकर बेकसूर लड़कों को क्यों पीटा, तो बात चल पड़ी कि यह भी नक्सलपंथी हो गया। खटमल काटता है तो भी लगता है, यह नक्सलपंथी की बदमाशी है। बच्चा दूध के लिए रोता है तो बाप उसकी माँ से कहता है—'उसे दूध मत पिलाना। वह भूखा नहीं है। नक्सलवादी हो गया है और आतंक पैदा कर रहा है।'

पोल तो सत्य की भी जब-तब खुल जाती है। भगवान् को साक्षी करके अदालतों में जितना झूठ बोला जाता है, उतना भगवान् के पीठ पीछे नहीं। आदमी ढीठ हो गया है और सत्यनारायण के सामने झूठ सुनने का शौक बढ़ गया है। धर्म अच्छे को डरपोक और बुरे को निडर बनाता है। झूठ जरा से पवित्र सहारे से चढ़कर सत्य की बर्थ पर लेट जाता है—

वह सहारा गंगाजी हो, जनेऊ हो, धर्म हो, ईश्वर हो।

यह जो आदमी गवाह के कटघरे में खड़ा है, भगवान् को साक्षी बना चुका है—प्रभु, आओ, मैं आपके सामने झूठ बोलने को उत्सुक हूँ। वह पढ़ा-लिखा, सभ्य, सुंदर आदमी है। पुलिस को जब ऐसा आदमी झूठी गवाही के लिए मिल जाता है तो पुलिस-लाइन के हनुमान के सामने नारियल फोड़ा जाता है। हनुमान का भी कमाल है। यह कई तरह का होता है—'दुश्मन फटकार हनुमान', 'संकटमोचन हनुमान', 'पुलिस महावीर', और पूना में वेश्याओं के मोहल्ले में जो हनुमान है, उसका नाम है—'छिनाल मारुति'। यह जो हिंदुस्तानी आदमी है, अद्भुत है। इसके पास छिनाल मारुति भी है और हिजड़ों की मसजिद भी। बात हनुमान की नहीं, झूठे गवाह की थी। इंस्पेक्टर उसे बरामदे में इस शान से लिये फिर रहा था जैसे सत्यवादी हरिश्चंद्र को झूठी गवाही के लिए पकड़ लाया हो।

गवाह सच्चा दिखने की पूरी कोशिश कर रहा है। अगर ठीक ढंग से झूठ बोल गया तो यह सच मान लिया जाएगा। ठीक ढंग से बोले गए झूठ को सत्य कहते हैं। वह आत्मविश्वास बटोरकर चारों तरफ देखता है। आत्मविश्वासपूर्ण झूठ सत्य माना जाता है। आत्मविश्वासहीन सत्य भी झूठ हो जाता है। सत्य दिखने के लिए झूठ को 'मेकअप' भी चाहिए। उसने चेहरे पर स्नो-पाउडर मल रखा है। वह बढ़िया सूट पहने है। आखिर सत्य क्या है? बढ़िया कपड़े पहने हुए झूठ।

उसका मुँह देखता हूँ। होंठ ज्यादा फटे हैं। दाँत बाहर निकलने को हमेशा तत्पर रहते हैं। झूठे और बक्की आदमी का मुँह ऐसा हो जाता है। झूठे दो प्रकार के होते हैं—चुप्पा और भड़भड़िया। चुप्पा परिपक्व झूठा होता है। वह एक-दो वाक्यों में झूठ जमा देता है। भड़भड़िया सोचता है, अभी झूठ जमा नहीं। इसलिए वह उसके समर्थन में आठ-दस वाक्य भड़भड़ाकर बोल जाता है। इस धक्के से जबड़े फैलते जाते हैं। इसके जबड़े इसी तरह फैल गए हैं। इसका मुँह पके फोड़े की तरह है, जिसमें झूठ का मवाद भरा है। जरा छेड़ने से मवाद बह निकलेगा।

वह खाँसकर गला साफ करता है। रूमाल मुँह पर फेरता है। लगता है, गवाही देने नहीं आया, न्याय की बेटी को ब्याहने दूल्हा बनकर आया है।

सरकारी वकील सधे-सधाए सवाल पूछता है और वह सधे-सधाए जवाब देता है। उसने अमुक आदमी को मृतक को लाठी मारते देखा था।

उसे लाठी दिखाई गई, जिसे उसने किसी पुराने दोस्त की तरह पहचान लिया।

उसे एक पत्थर का टुकड़ा दिखाया गया। उसने पत्थर भी पहचान लिया—यही वह पत्थर है, जो वहाँ पड़ा था।

मैंने बगल में खड़े वकील दोस्त से कहा—"यार, यह क्या अंधेर है? यह किसी पत्थर के टुकड़े को कैसे पहचान लेगा?"

उसने कहा—"चुप रहो, एविडेंस ऐक्ट के मुताबिक ठीक है।"

गवाह को खून लगी मिट्टी दिखाई गई। उसने मिट्टी को भी पहचान लिया।

मैंने वकील दोस्त से कहा—"यह तो और बड़ा अचरज है! इसने मिट्टी को भी पहचान लिया!"

उसने कहा—"चुप्प, एविडेंस ऐक्ट!"

मैंने सोचा—अब वकील इसे शीशी में बंद एक मक्खी दिखाएगा। पूछेगा, "इस मक्खी को पहचानते हो?" गवाह कहेगा—"यह वही मक्खी है, जो मारपीट के वक्त वहाँ भनभना रही थी। मैंने पहचान लिया। इसकी शक्ल मेरी माँ से मिलती है।"

एविडेंस ऐक्ट! इसका कमाल है।

हरिश्चंद्र ने जिस ब्राह्मण को सपने में दान किया था, उसे अगर जायदाद पर कब्जे के लिए अदालत जाना पड़ता तो वह भी दो-चार चश्मदीद गवाह खड़े कर देता। वे कहते—"हमारे सामने इस विप्र को राजा हरिश्चंद्र ने दान दिया था।" वकील पूछता—"उस वक्त तुम कहाँ थे?" वे कहते—"हम भी राजा साहब के सपने में ही थे।"

बचाव पक्ष का वकील 'क्रॉस एक्जामिनेशन' के लिए खड़ा हुआ। यह भयंकर चीज है। एक बार मेरे भी पलस्तर उखड़ चुके हैं। मैं सच बोल रहा था, पर वकील ने दो मिनट में मेरे सत्य को पसीना ला दिया था।

गवाह तैयार होता है। मुँह पोंछता है। फेफड़ों में ऑक्सीजन भरता है।

वकील पूछता है—"वारदात की जगह से तुम कितनी दूर थे?"

वह मुँह खोलता ही है कि वकील कहता है—"जल्दी नहीं। सोचकर बोलो।"

'सोचकर बोलो'—यह सुझाव गवाह को गड़बड़ा देता है। उसे लगता है, जितना सरल मामला वह समझता है, उतना है नहीं। सवाल कठिन है। सोचना चाहिए।

वह सरकारी वकील को अभी अपनी दूरी दस कदम बता चुका है।

अब सोचकर बोलता है—"दस-पंद्रह कदम दूर था।"

वकील—"अच्छा, दस-पंद्रह कदम पर थे?"

गवाह—"हाँ, यही पंद्रह-बीस कदम।"

वकील—"तो पंद्रह-बीस कदम दूर खड़े थे?"

गवाह—"हाँ, बीस-पच्चीस कदम समझ लीजिए।"

तीन सवालों में वह पंद्रह कदम पीछे हट गया। अगर वकील सवाल करता जाता तो वह वारदात की जगह से पाँच मील दूर भी हो जाता। पर वह खुश है कि उसने वकील को 'कनफ्यूज' कर दिया।

"तुम मौके पर कितने बजे पहुँचे? जल्दी नहीं, सोचकर बोलो।"

"डेढ़-दो बजे।"

"अच्छा, डेढ़-दो बजे।"

"हाँ, यही दो-ढाई बजे पहुँचे।"

"अच्छा, दो-ढाई बजे तुम वहाँ पहुँचे थे?"

"हाँ, यही ढाई-तीन बजे समझ लीजिए।"

"मृतक की उम्र कितनी थी?"

"पच्चीस-तीस साल।"

"अच्छा, वह पच्चीस-तीस साल का था?"

"हाँ, तीस-पैंतीस साल का रहा होगा।"

"यानी उसकी उम्र तीस-पैंतीस साल थी?"

"हाँ, यही पैंतीस-चालीस साल की होगी।"

कई दिन लगातार मैं साक्ष्य का यह खेल देखता रहा। मैं हैरान कि बाहर तो सच्चा आदमी ढूँढ़े नहीं मिलता, मगर अदालत में इतने सच्चे किन अनजान कोनों से निकलकर इकट्ठे हो जाते हैं। झूठ बोलने के

लिए सबसे सुरक्षित जगह अदालत है। वहाँ सुरक्षा के लिए भगवान् और न्यायाधीश हाजिर होते हैं।

मेरा वकील दोस्त कहता है—"यह सब कानून के मुताबिक है। अगर न्यायाधीश साक्ष्य पर विश्वास करता है, तो फाँसी। अगर नहीं करता, तो रिहाई।

"साक्ष्य एक ही है, मगर उसी से आदमी को फाँसी हो सकती है, और उसी से छूट भी सकता है। उसी साक्ष्य के आधार पर एक न्यायाधीश आदमी को फाँसी के लायक समझता है, और दूसरा उसे निर्दोष।"

वकील दोस्त से कहता हूँ—"आदमी के इस न्याय को मशीन ज्यादा दिन बरदाश्त नहीं करेगी। किसी दिन यहाँ न्यायालय की जगह बड़ा कंप्यूटर होगा। उसमें तुम वकील, गवाह, न्यायाधीश सब डाल दिए जाओगे। कंप्यूटर चलेगा और तुममें से किसी के चमड़े पर फैसला अंकित होकर आ जाएगा।

ये तीन-चार लोग, जो झूठे फँसाए गए हैं, सड़क के किनारे टाट और टट्टे की झोंपड़ी बनाकर रहते हैं। इन्होंने फाँसी पर टँगने के लिए पैसे भी खर्च किए हैं—वकील लगाए हैं, पुलिस को पैसा खिलाया है।

सिर्फ यह नहीं है कि ईसा अपना सलीब खुद ढो रहा है या सूली पर टँगा है। ईसा को अपने पाँवों पर अपने हाथों से कील ठोकने को मजबूर किया जा रहा है और वह कह रहा है—पिता, इन्हें हरगिज माफ मत करना, क्योंकि ये साले जानते हैं, ये क्या कर रहे हैं।

□

कचहरी जानेवाला जानवर

❀ हरिशंकर परसाई

आदमी दूसरे जानवरों से किस बात में भिन्न है? यानी वह कौन-सी चीज है जो आदमी को जानवर होते हुए भी खास किस्म का जानवर बना देती है? ऐसे प्रश्नों के उत्तर विद्वानों ने दिए हैं, क्योंकि विद्वान् प्रश्नों के उत्तर देने के लिए ही जीता है और खुद जिंदगी-भर कोई प्रश्न न पूछ सकने के कारण बुद्धू बना रहता है। तो एक विद्वान् ने कहा है, आदमी औजार बनानेवाला जानवर है। एक दूसरे ने कहा है कि आदमी सोचनेवाला जानवर है। दोनों बातें अर्द्धसत्य हैं। सोचता तो कुत्ता भी है और नाक से सोचता है। इसीलिए अपने दर्जे के आदमी से ऊँचा माना जाता है। पुलिस इंस्पेक्टर भी चोर का पता लगाता है और पुलिस का कुत्ता भी। मगर एक जासूस कुत्ते की कीमत इंस्पेक्टर साहब की जिंदगी-भर के वेतन, जायज-नाजायज भत्ते और घूस से अधिक होती है। और जहाँ तक औजार बनाने की बात है, चींटी को चांस मिले तो आदमी से अच्छे औजार बनाकर बता दे। नहीं, इन दोनों कारणों से आदमी आदमी नहीं है। मैं विद्वान् नहीं हूँ, क्योंकि मैं सवाल पूछता हूँ। पर मैंने भी आदमी की परिभाषा बनाई है। आदमी कचहरी जानेवाला जानवर है। कोई और जानवर कचहरी नहीं जाता—जाना भी नहीं चाहेगा। अगर गधे से भी पूछो कि क्यों भाई, आदमी बनेगा, तो वह जवाब देगा—"नहीं बाबा, उसमें कचहरी जाना पड़ता है!"

यह ज्ञान एकाएक आज मेरे भीतर उमड़ उठा। तप के बिना ज्ञान

नहीं मिलता। मैं तीन-चार दिनों से कचहरी जाने का तप कर रहा हूँ, क्योंकि आदमियत की लाज रखनी थी। मैं आज उन दार्शनिकों से पूरी तरह सहमत हूँ जो कहते हैं, जीव को संसार में दुःख भोगने के लिए भेजा जाता है। और जिन दुःखों को भोगना जरूरी है, उनमें सबसे बड़ा दुःख कचहरी जाना है। कोई-कोई इस दुःख से बच भी जाते हैं। जब ऐसा जीव देह त्यागकर उस लोक जाता है, तब उससे पूछा जाता है—क्यों, कचहरी गए थे? जीव जवाब देता है—नहीं, ऐसा मौका तो नहीं आया। ऐसे हीन तप जीव को फिर पृथ्वी पर भेजा जाता है और मनुष्य ही बनाया जाता है, क्योंकि कोई और जानवर कचहरी नहीं जाता। जब जीव कचहरी के दुःख काफी भोग लेता है, तब उसे जन्म-मरण के बंधन से मुक्ति मिलती है और वह ब्रह्म में लीन होकर निरंतर ब्रह्मानंद रस का पान करता है, इसीलिए इस जीवन के बाद मुक्ति पाने योग्य वैष्णव व्यवसायी रोज लाल खाता-बही बगल में दबाए कचहरी जाते हैं।

आज मेरी दृष्टि ही बदल गई। बोध हो गया। गौतम को ज्ञान प्राप्त करने के लिए इतने तप, चिंतन, मनन की जरूरत ही नहीं थी। दो-चार दिन अपने राज्य की किसी कचहरी में हो आते तो एकदम बुद्ध हो जाते। अभी तक मैं सोचता था कि अर्जुन युद्ध नहीं करना चाहता था, पर कृष्ण ने उसे लड़वा दिया। यह अच्छा नहीं किया। अगर अर्जुन युद्ध नहीं करता तो क्या करता? कचहरी जाता, जमीन का मुकदमा दायर करता; लेकिन वन से लौटे पांडव अगर जैसे-तैसे कोर्ट फीस चुका भी देते तो वकीलों की फीस कहाँ से देते, गवाहों को पैसे कहाँ से देते? और कचहरी में धर्मराज का क्या हाल होता? वे 'क्रॉस एक्जामिनेशन' के पहले ही झटके में उखड़ जाते। सत्यवादी भी कहीं मुकदमा लड़ सकते! कचहरी की चपेट में भीम की चरबी उतर जाती। युद्ध में तो अठारह दिन में फैसला हो गया; कचहरी में अठारह साल भी लग जाते। और जीतता दुर्योधन ही, क्योंकि उसके पास पैसा था। सत्य सूक्ष्म है, पैसा स्थूल है। न्याय-देवता को पैसा दिख जाता है, सत्य नहीं दिखता। शायद पांडव मुकदमा लड़ते-लड़ते मर जाते, क्योंकि दुर्योधन पेशी बढ़वाता जाता। पांडवों के बाद उनके बेटे लड़ते, फिर उनके बेटे। बड़ा अच्छा किया कृष्ण ने जो अर्जुन को लड़वाकर अठारह दिनों में फैसला करा लिया। वरना आज कौरव-

पांडव के वंशज किसी दीवानी कचहरी में वही मुकदमा लड़ रहे होते।

दिन-भर मैंने वादी-प्रतिवादी देखे, वकील देखे, सच्चे-झूठे गवाह देखे। बयान, एक्जामिनेशन और क्रॉस एक्जामिनेशन सुने। फिर एक विद्वान् से पूछा, "यह सब क्यों होता है?" विद्वान् ने कहा, "न्याय-देवता एक के बाद एक छन्ना लगाता है और झूठ को छान-छानकर अलग करता जाता है। अंत में सत्य बच रहता है।" मैंने कहा, "मगर न्याय को तो अंधा कहा गया है। जब अंधा छानने बैठे तो क्या पता कि वह झूठ को छोड़कर अलग कर रहा है या सत्य को।"

न्याय देवता है। हर देवता भेंट लेता है। अगर भक्त से सीधे भेंट ले तो कोई बात नहीं, पर हर देवता का एक मध्यस्थ होता है—'मिडिलमैन' से कहीं छुटकारा नहीं। न्याय-देवता का मिडिलमैन वकील होता है। दुश्मन से छुटकारा मिल सकता है, पर अपने वकील से छुटकारा मुश्किल है। एक बार कचहरी चढ़ जाने के बाद सबसे बड़ा काम है, अपने ही वकील से अपनी रक्षा करना। प्रतिपक्षी से उतना डर नहीं रहता, जितना अपने ही वकील से। वह एक के बाद दूसरी उलझन में आपको फँसाता जाएगा और आप समझ नहीं पाएँगे कि आप कहाँ जा रहे हैं। मुझे इसका अनुभव हुआ। मुख्य मामला जहाँ-का-तहाँ है, लेकिन इस बीच मेरा वकील मुझसे कहता है कि विरोधी पर एक-दो झूठे मुकदमे दायर कर दो। मैंने पूछा, "इससे क्या होगा?" वह बोला, "विरोधी हेरास (परेशान) होगा।" मुझे यह बात समझ में नहीं आई। मैं झूठा मुकदमा चलाऊँ, विरोधी जानता है कि मुकदमा झूठा है और पहली ही पेशी में खारिज हो जाएगा। तो 'हेरास' वह होगा या मैं होऊँगा।

वकील की टेकनीक डॉक्टर जैसी होती है। सफल डॉक्टर वह है जो मरीज को न मरने दे, पर इलाज चलता रहे। सफल वकील वह है, जो मुवक्किल को न जीतने दे, न हारने दे; बस मुकदमे चलते रहें। इसीलिए सफल डॉक्टर और सफल वकील के हाथों अपने को सौंपना खतरे से खाली नहीं है।

यदि आपके हाथ से चूहा मर गया है और आप कहीं यह बात सफल वकील के सामने कह दें तो वह चौंककर पूछेगा, "क्या कहा? चूहा मार डाला? आपने? कैसे?" आप उसे बताएँगे कि अलमारी हटाते

समय चूहा चपेट में आ गया। वकील पूछेगा, "क्या उसने आपपर हमला किया था?" आप 'नहीं' कहेंगे और तब वकील आपकी तरफ इस तरह देखेगा मानो आप फाँसी पर टँग रहे हैं! कहेगा, "आपने दफा ३०२ का जुर्म कर डाला! कत्ल! आत्मरक्षा का 'प्ली' भी नहीं ले सकते।" आपके हाथ-पाँव फूलेंगे और आप वकील कर लेंगे। पर वह यह कहकर 'केस' लेने से इनकार करेगा कि मामला कमजोर है, आपको फाँसी होना पक्का है। फिर जब आप उसकी फीस बढ़ाएँगे तो कहेगा, 'केस' जीता-जिताया रखा है, आप साफ बच जाएँगे। आप सोचते रहिए कि जो 'केस' फीस देने से पहले कमजोर रहता है, वह फीस देने के बाद ताकतवर कैसे हो जाता है। पैसे में बड़ा विटामिन होता है।

बात आगे बढ़ाना मेरे लिए अच्छा नहीं। मुकदमा मुझपर चल रहा है। अगर मेरा वकील इसे पढ़ेगा तो मुझसे बदला लेगा। बड़ा वकील है वह। कल कह रहा था कि वकालत का पेशा बड़ा 'नोबल' है, इसके दम पर समाज की नैतिकता टिकी है। फिर बड़े गर्व से कहने लगा, "हत्या के तेरह मामले आज तक मैंने जीते हैं। तेरह आदमियों को फाँसी से बचाया है।" मैंने पूछा, "क्या आप जानते थे कि इन तेरह आदमियों ने हत्या की थी?" वकील साहब को ध्यान नहीं रहा कि उनका 'क्रॉस एक्जामिनेशन' होने लगा है। वे बड़े गर्व से बोले, "हाँ, जानता था। पर सबको साफ बचा लिया।" मैंने कहा, "वकील साहब, यह गर्व की बात हुई कि शर्म की? क्या हत्यारे को सजा से बचाने के कारण ही यह 'नोबल' धंधा हो गया?"

मेरी सावधानी ढीली हो रही है। वकील का उपहास करूँगा। तो कल वह अदालत में उपहास करेगा।